異文化への旅路 Ⅳ

ドイツ画壇で活躍した
那須弘一の思い出

那須妙子著

美術館玄関

右：美術館
下：看板

美術館内部

茶室

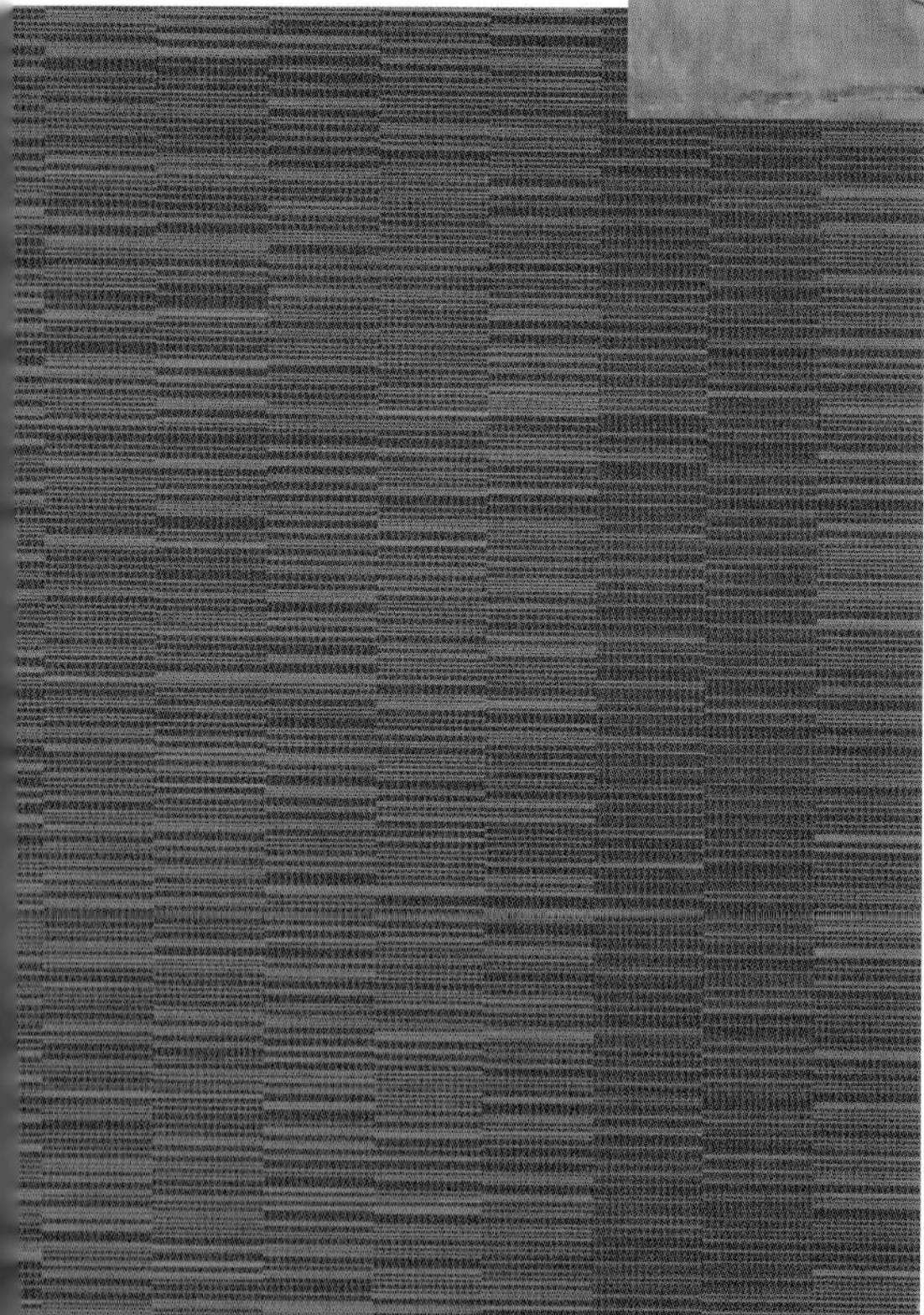

「n.t.」
1970年ごろ
117 x 91.5cm

1966年頃
オイル・オン・キャンバス
53x45cm

妙子肖像
1978
19x25.5cm

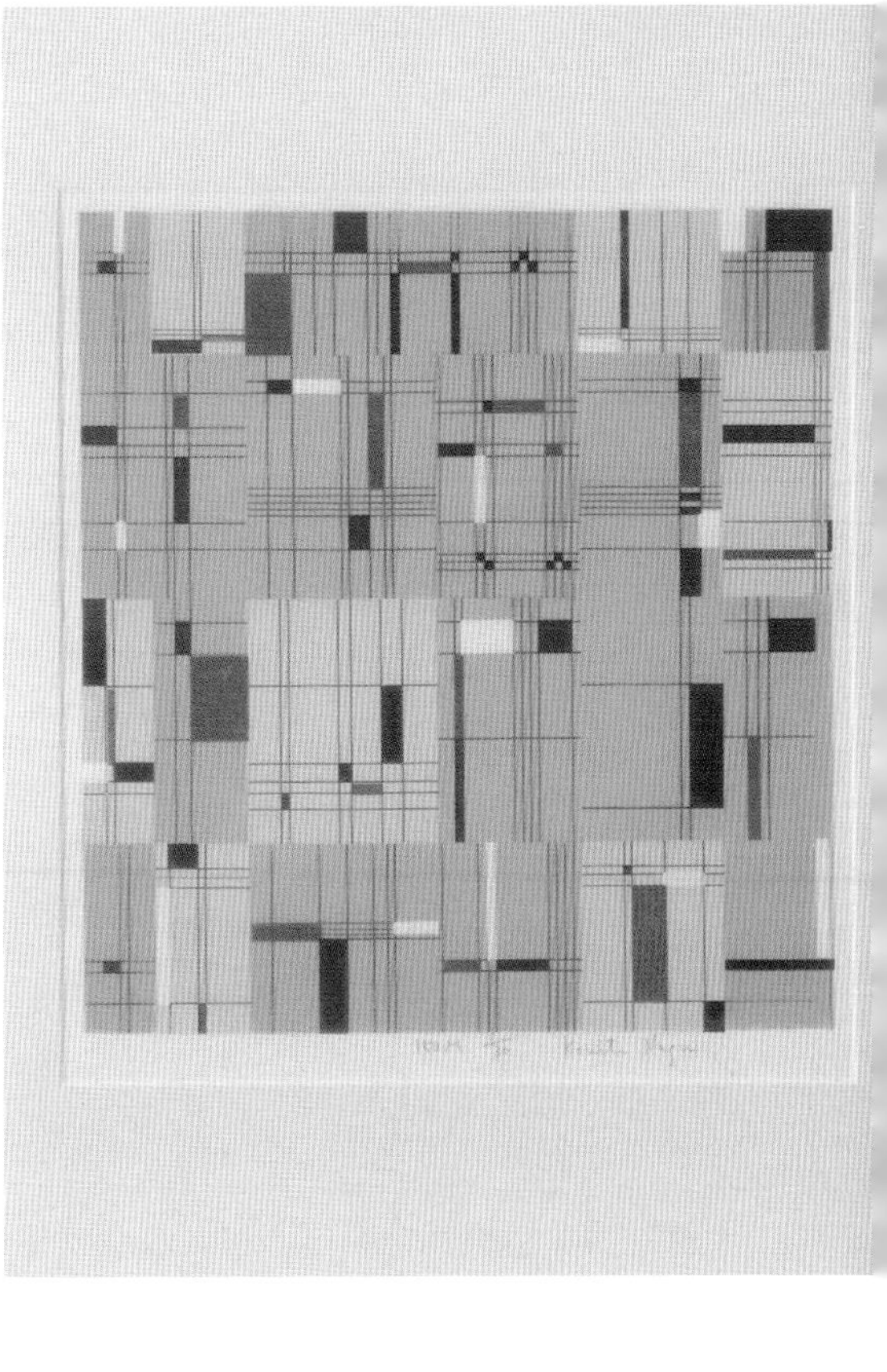

150M／30
1976(推定)
シルクスクリーン
56x44cm

上下：「1973-1978（4，5）」オイル・オン・キャンバス　80x80cm

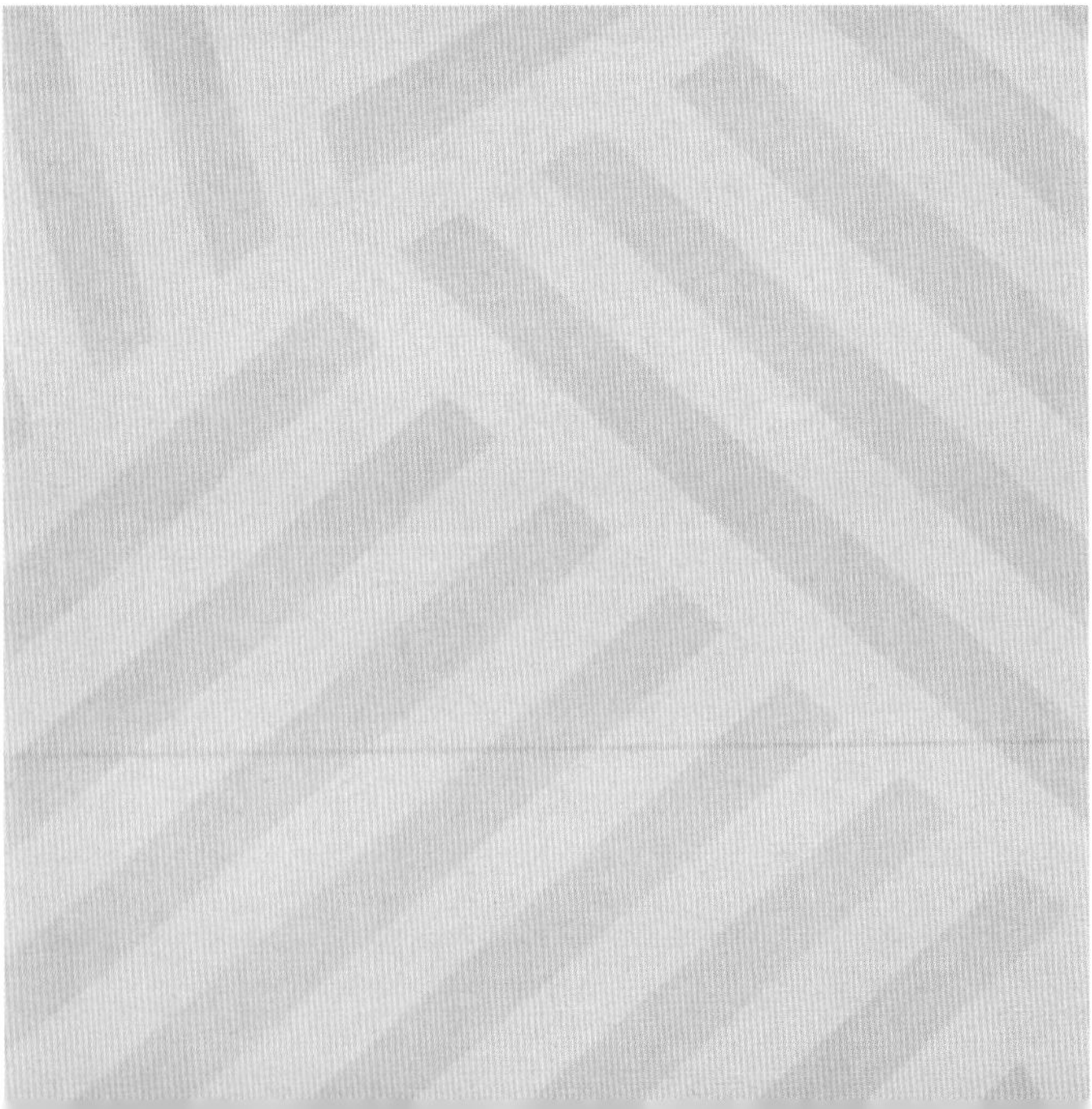

上　:「88.11.20.」　紙に水彩絵の具　ワックスチョーク　118.8x83.8㎝
下右:「2000.2.14.A,B」　透明水彩絵の具　クレヨン　75x60.2㎝

2009年　Japan Art 個展

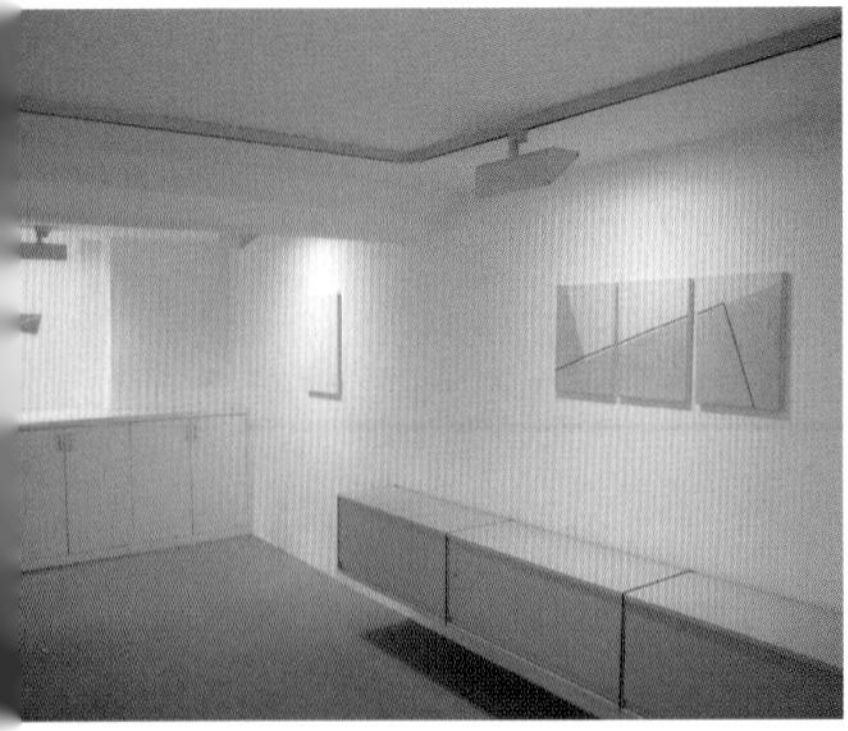

はじめに

銀鈴叢書　ライフデザインシリーズに、私の『異文化への旅路』一〜三巻を加えていただき、主に日本とドイツでの語学教師としての体験を述べてきました。四冊目には、亡き夫・那須弘一の思い出を綴ってみました。

抽象絵画に全身全霊でうちこみ、五十五歳で亡くなるまで、多くの作品を生みだした画家のいわば評伝ですが、「批評」はほんの少しです。命のつきるまで青年の清らかさと情熱をもち続けた芸術家の息吹を伝えるため、本人が書いた日記・手紙・報告文をとりあげました。

そして、その合間に、妻の回想をはさんでみました。ねらいは、人間としての那須弘一の魅力を再現することだったのですが、思ったことの十分の一も表現できませんでした。

それだけ、故人がユニークで面白い人だったからです。

それでも、敢えて出版に踏み切ることにしました。『異文化への旅路』シリーズには、欠けてはならない、貴重な足跡だからです。苦労を覚悟して、自分を信じて異国へと旅立ち、そこで自分の道を切り開いていった芸術家の実話です。

なお、構成は次のようになっています。奇数章は、那須妙子の回想で、偶数章が那須弘一の日記・手紙・報告文。八、十七章だけが第三者の批評です。十六章は、一九九二年に帰国した時の夫婦の挨拶文です。わかりにくい構成になってしまい、申し訳ないのですが、二十年以上にわたる時の流れをこんな形で表してみました。

目次

一　旅立ち

フランクフルトのアトリエ　1998年

一九七八年三月八日、羽田空港の出発ロビーは、ドイツに嫁いで行く私を見送る人たちが占領していた。といっても、たまたまロビーががら空きで、二十人ぐらいの私のグループが目立っていただけなのだが。

もちろん両親がいた。きょうだいはみな来れず、兄嫁だけで、あとは友達ばかり。最後に一人一人と握手した。私は機内持ち込みの荷物がいっぱいで、みんなと別れてから一人で運ぶのがつらかった。

手提げの中には、点前用の茶碗まであった。ドイツに留学中の人と結婚するのはいいが、私の仕事はまだ決まっていなかった。いよいよとなったら、生け花やお茶をドイツ人に教えようと企んでいたのだ。第一希望の日本語教師にはすぐにはなれそうもなかったし。

出発の数日前に、留学中の恩師のお姉さまからお電話があり、妹の目薬を持って行ってください、とのご依頼だった。それを私は冷たくお断りしたのである。スーツケースも手荷物もあまりにもパンパンで、アリ一匹ももう入らないと、私はまじめに思っていたのだ。

ああ、目薬ぐらいなんとかなったのに……。あの幸せな旅立ちのことを思い出すたびに、一抹の苦さももどってくる。今はもう亡き先生のお姉さまのお声がよみがえる。他人からみれば、忘れてもいい話だろう。でも、私は思い出しては、「すみません、ゆるしてください。あの時の私は自分の荷物に押しつぶされそうだったのです」とつぶやく。

　手荷物だけがいっぱい、いっぱいだったのではない。年末に一時帰国した弘一と結婚を決めたのが一月十日ごろで、彼はまたシュトゥットガルトの美大にあわただしく戻って行った。助手のバイトと卒業制作のためで、それ以上長くは日本にいられなかった。

　二月八日に私は一人で豊島区役所に婚姻届を提出した。それから一か月間、東京での仕事（三箇所でのドイツ語非常勤講師）や様々なお付合い関係にまつわることを処理するのに追われた。当時の私は、人づきあいと行動の範囲がやたらに広かったのである。

　知人のつてで、国立国語研究所や国際交流基金に、ドイツで日本語教師になる可能性について問い合わせるようなことにも追われた。

　なんといっても大変だったのが、二ＤＫのマンションの整理だった。わずか二年間で荷物があふれんばかりになっていた。ドイツ留学から戻った私のために、姉夫婦が実家から少しだけ離れた所に一人住まいを探してくれていた。

　未婚女性がなぜ留学後親の家に戻らなかったか？　実家が物であふれかえり、両親がすわるスペースがやっと確保できるパンパン状態になっていたからだ。

　ドイツ各地でよき友人に恵まれた私の東京の住まいに、近い将来ドイツから客が来ることはだれもが予想していたことで、四人のきょうだいとその配偶者たちが心配したという。「あの家じゃ、妙子ちゃんのお客さんを迎えられないよね。」

小さい出版社を経営していた姉夫婦はめちゃくちゃに忙しかったのに、近くのアパートやマンションを見て回ってくれていた。不動産屋さんまで、「そんな外交官みたいな方には、小さくてもきれいな物件を用意しなくちゃね」と言ったとのこと。

おかげで、家賃五万五千円で新築のマンションに入ることができた。姉の出版社のほぼ隣りで、姉一家の住まいからも両親の家からも五分とかからない。

引越しの日、父と私はどこからかリヤカーを借りてきて、二、三度往復しただけですんだ。姉の長男が当時は中学生で手伝いに来たが、祖父と叔母が東京の街中でリヤカーを引く姿が恥ずかしいらしく、だいぶ離れてついてきたものだった。それぐらい私の荷物が少なかったわけではない。ほとんどの物は、実家に置いてきたのだ。

両親の一軒家がいっぱいだったのは、ひとつには五人きょうだいが家を出るときにそれぞれが自分の物を処分しきれず置いてきたこともある。というより、たいていの場合、私たちがごみとして家の外に出した物を両親がまた回収してくるというパターンであった。

ドイツ帰りでおしゃれな新築マンションに住む女性らしく、余分な物のない生活を始め

一人住まい

たつもりだったのである。

……ところが、ああ、DNAの恐ろしや。わずか二年で物があふれ、一か月でかたづけるのが至難の業となった。ずいぶん多くの人たちの手を煩わせた。出発前の数日は睡眠不足になりながらも、自分では「立つ鳥あとを濁さず」にしたつもりだった。しかし、後日父からの手紙には、「お前が出た後、出版社の方々がベランダをかたづけるのが大変だったらしい」と！　ドイツからは弘一が「君がこちらに来るためのかたづけの手伝いができず、申し訳ない」という手紙が来たけれど、「それよりも私の仕事を探しといて」と返事した。

そんなこんなで日本を出発した時は、私は

疲労困憊していた。やっと結婚できるうれしさで天にも昇る心地ではあったけれど。飛行機は、パキスタン・エアラインにした。格安だったからである。ドイツに国費留学した時はエア・フランスだったし、二年前に帰国する時は五カ国を回りながらのぜいたく旅行（奨学金半分と母からの仕送り半分）を楽しんだ。安いフライトを利用するのは初めてだったが、苦学している画学生との新生活のためにできるだけ節約しなければならなかった。

一番安かったのはアエロ・フロートだったが、旅なれた友人達が反対した。「時々モスクワでえらく待たされることがある」と。（まさか十五年後にそれよりひどい経験をすることになるとは夢にも思わなかった。）

パキスタン・エアラインでもOKと言った人たち曰く、「JALのお古の機体を墜落させないので、パキスタンのパイロットの操縦は世界一と信じられる」！　たしかに古ぼけた機体だった。隣にすわったのは日本から里帰りするパキスタンの青年で、半分日本語、半分英語で少しおしゃべりした。でも、私は疲れきっていて、「ドイツでだんなが待っているね……・」と彼がしゃべっている最中に眠り込んでしまった。

起きたのは二回のトランジット（マニラとカラチ）と、三回の食事（毎回ヨーグルトとカレーだった。でも、少しずつ変化をつけてあり、美味しかった）とアルプスの上空だけで、あとはひたすら寝ていた。

マニラの記憶は、トイレだけ。現地の若い女性がトイレ係で、チップを待っていた。フィリピンの物価について何も知らない私は五十円玉を彼女に渡した。すると顔をぱっと輝かし、ペーパータオルをうやうやしく差し出したり、私の長い髪を手ですいてくれたりするではないか。まるで女王様に仕えるような感じで。？？？と思いながら出ようとし、チップ用の小皿に初めて気がついた。そこには、一円玉がいくつもころがっていた。

あれから三十年たち、マニラからの裕福な留学生と関わるようになり、フィリピンの貧富の格差のすさまじさを知るようになったが、あの時の一円玉を思い出すとなんだかせつなくなる。

深い眠りからふっと目が覚めて窓から下を見た。雪に覆われたアルプスの山々の頂が明るく光っているではないか。うきうきとした私の気持ちを表すような景色だった。あと二時間もしないで弘一に会える！

弘一は、黒い皮のコートを着て待っていた。いまいましく重たい手荷物を下に置き、「来ちゃった！」とその両腕の中に飛び込んだ。

フランクフルト空港からシュトゥットガルトまでの電車に乗り込んだとき、他に乗客がいないので変だと思ったが、「二人だけ！」とうれしくなり思いっきり抱き合った。そして、二人で並んで座り、私は彼の肩に頭をのせ、うっとりと窓の外をながめた……・？　なんか、違う、と二人が気がついた時、車掌が来て、反対方向だとおしえてくれた。

あわてて次の駅で降りたが、あんな失敗をしたのは弘一の一生の中でも数回しかなかったのではないか。彼は、方向感覚がすぐれているうえに、視覚でとらえた記憶をしっかり保持できるタイプの人間だった。そんな彼が窓外の景色が往路と違うことに気がつかなかったとは……。やはり、うれしくてぼーっとしていたのだろう。甘い、甘い新婚時代の失敗である。

今度こそ正しい電車に乗り、シュトゥットガルトに着いた。二年四ヶ月ぶりだった。留学を終えてエヒターディンゲン空港を飛び立った時、友人たちと見送ってくれた弘一の妻になって再びこの町に帰ってくることになるとは考えてもみなかったのだが。

シュトゥットガルトは京都を思わせる。山に囲まれた、静かな美しい大都会。京都ほどではないが、アルトシュタット（旧市街）がしっかり存続している。もっともこれは、ドイツの町に共通して言えることなのだが。

駅から私達はタクシーに乗った。本当はそれも節約したかったのだが、なにしろ私の荷物がばか重い。おまけに新居は斜面にあり、徒歩で行くと何百段もの階段を上らねばならない。車では、日光のいろは坂のように、蛇行しながら上昇できる。

シュッツェン（射手）通りに着いたタクシーの音を聞きつけて、弘一の弟の秀至がアパートから出てきて、うれしそうに笑いながら握手してきた。

ヒデは、一年前に渡独していた。早稲田で美術史を勉強した後、アルバイトをしながら画家の道を歩き出していた。そう、兄貴を追いかけて……。

弘一が高校生時代に「画家になる！」と宣言してから絶えなかった親との口論の仲裁役を三歳年下の弟がつとめた。兄が「半年だけ

秀至のジョイント展　義父と

ドイツへ行く」と出かけたのにドイツの美大生におさまってしまった時も、一番の理解者はヒデだった。バイトで苦労して稼いだお金や小包みを時々送ってあげたという。

それだけ仲の良い兄弟で、弟は兄を尊敬しきっていた。兄を支援しているうちに自らが創作を始め、仲間達とジョイント展を開くようになっていった。その頃、「日本に帰ったら、弟に会ってくれ」と弘一に言われた私との付き合いも始まっていた。

ヒデの周囲には面白い若者軍団が群がっていた。多摩川園前のだだっ広い一間（元々二間なのだが、ふすまはいつも開け放し）にハンコウ職人の吉也さんと二人で住んでいたが、訪ねていくと、いつも十名以上の若者達が食べて飲んでだべっていた。絵画・演劇・著述を生業にすることを目指している同志たちだった。

ヒデが「ドイツに行って、兄貴の様子を見てくる」と言い出したのは一九七六年の秋頃だっただろうか。卒業間際の弘一が助手をつとめるようになったシュトゥットガルトの美大で聴講生になるという名目だったが、反対する父親をなんとか説得し、二年で帰ることを約束して羽田を飛び立った。

それから三十年（二〇二〇年現在四十三年）経ったが、ヒデはまだドイツにいる。絵を描き、マッサージを副業としているが、日本でそうだったようにいつも大勢の友達に囲まれている。昔と違うのは取り巻きが多国籍になったことと、ヒデも一家の主となったことだ。

初めてドイツの兄貴のところにころがりこんだ時、弘一は私もかつて住んでいた学生寮にまだいた。一人用の寮だったので二人で住める所を探した。そして見つかった手ごろなアパートのオーナーは、何十年も前に美大生だったというクライン夫人。画家兄弟が借り手になることにも好意的だった。

日本から妻が来たと、弘一は誇らしげに私をクラインさんに紹介した。そして、これから三人で暮らしたいとも。ところが、クラインさんは顔をしかめて、「元々一人かせいぜい二人しか住めないアパートに三人も多すぎる。弟さんには出て行ってほしい」と言うのだ。たしかに二間しかないが、それでも日本人から見れば十分広い。私の大塚のマンションよりずっと広いのだ。

大家さんには従わざるをえない。ドイツ人と日本人の住居空間に対する感覚の違いを思い知らされた。ショックを受けたヒデだったが、幸いなことに兄弟と親しくしていたダグマーの実家の屋根裏部屋に引っ越すことができた。

それから数ヶ月後、ヒデはフランクフルトの美大の入試に合格してシュトゥットガルト

シュトゥットガルト　自宅のアトリエ

を出て行った。ところがその一年後には私がフランクフルト大学の日本語講師になり、まるでヒデを追いかけるように弘一とフランクフルトに移ることになったのだ。切っても切れない縁を感じる。那須兄弟は世にも稀な、仲の良い兄弟で、それだけでも絆が強いのに、それぞれが自由に歩き出しても、同じ所に着いてしまう。

私がシュトゥットガルトで新婚生活をスタートした十四年後、ヒデは本格的に帰国することになった私達をフランクフルト空港まで送ってくれた。一九九二年の三月のことである。

他に見送り人は、フィッシャー夫妻だけだった。数えるのも大変なほど多かった友人たちとの別れは既に済ませてあった。一ヶ月前から送別会が連続してあった。そして、遠方から何百キロも車を飛ばしてお別れに来た友人も多かった。

その中でも忘れられないのがカール・ハインツだった。弘一の美大の同級生で、南ドイツのテュービンゲンの近郊のギムナジウムで美術教師になっていた。

私達の新婚旅行（一九七八年）は美大のドライヤー教授のクラス旅行だった。汽車でヴェニスに行ったのだが、一行の中にはヒデもカール・ハインツもいた。

ヴェニスでは通常の観光にとどまらず、教授の美術史論を実地体験したり、みんなで教会のコンサートを聴きに行ったりした。しかし、ハイライトは、魚市場でマグロを安く入手できたことだった。

ヒデが日本のわさびを持参していた。しょうゆはヴェニスでも買えた。那須兄弟は市場の台の上に転がったマグロの周りをうろうろし、魚屋さんに「ここだ！」と、トロの部分を指差して見せた。

いくらだったか忘れたが、信じられないような安値で大きなトロの切り身が手に入った。それから大根を買い、ホテルに戻った。兄弟は器用に刺身をつくり、大根をつまに美しく切った。あとは、無我夢中で食べるのみ！

気味悪そうにながめていた同級生たちだったが、私たちがあまりにも美味しそうに食べているので、おそるおそる手を出してきた。「うまい！　ちっとも生臭くない！　舌の上でとけそう！」

国土の北方で北海・バルト海とわずかに接触しているだけのドイツでは魚介類を食べたことがない、という人が多い。たまに淡水魚（河のマス）がメニューにのることがあるが、はっきり言ってあまり美味しくない。大味なうえに、ただゆでてレモン汁をかけるだけということが多い。

そんなかれらが刺身の話を聞いただけで、「生の魚なんて！」と顔をしかめるのもしかたのないことだ。もっともここ数年の間に、ドイツでも寿司の人気が出てきて、「すしバー」なるものをあちこちで見かけるようになった。しかし、二十九年前のヴェニス旅行参加者にとっては、生の魚肉を口に入れるのは大変勇気のいることだっただろう。

その中に、カール・ハインツもいた。彼は、その後フランクフルトに移った私達を何度か訪ねてきて、会うたびに親密度が増していった。二メートル近い大男で、シュヴェービッシュという方言のなまりがあったかい。

カール・ハインツは四百キロも車を飛ばして出発の二日前に来てくれたのだが、大きなバケツの半分もの生牡蠣を持参していた。いわく、「キミたちは新鮮な魚介類が好きだろう？　南仏から入手できたんだ！」

　牡蠣の上には大きい氷のかたまりがたくさん置かれていた。しかし、私はフランスからドイツへ、そして何百キロものアウトバーン経由で届けられた生牡蠣に恐怖感を覚えた。

「カール・ハインツ、あなたの気持ちは本当にうれしいんだけれど、私達、明後日飛行機で長旅するの。それにそれまで住まいをまだまだ整理しなくちゃならない。生牡蠣は新鮮と思えるものでも運が悪いとあたることがあって、そうなると下痢・腹痛に苦しんで寝てるしかないのよ。ごめんなさい、他の日本人にあげるわね。」弘一は、「大丈夫！」と断言して、いくつか美味しそうに食べた。私はハラハラしていた。

　その数年前に二人でブリュッセルに一泊旅行した時、素敵なレストランで新鮮な魚介類を白ワインでたらふくたいらげた。数時間後、ホテルの部屋で腹痛で苦しんだのは弘一だった。夫のほうが胃腸がずっとデリケートなのだ。私の胃腸は鉄のように強い。その私が食べたくても我慢しているのに、なんて無責任なんだろう。それでも、たくさんは食べなかったから弘一なりに節度を保ったつもりなのだ。

　生牡蠣は、引越しの手伝いに出入りしていたヒデと近所の遠藤さんに進呈した。かれらに喜んでもらえて、私も安堵した。カール・ハインツの気持ちを傷つけるのがつらかったので、助かった。

遠藤節子さんは、模範的な日本の主婦で、美味しいお惣菜の名人でもある。そして、なによりもありがたかったのは、出発の前日に掃除道具を持ってかけつけ、「あーら、まだまだね！」と言って、さっさと汚い台所を掃除してくれたのだ。

何週間も前からドイツの友人達が手伝いたいと申し出てくれていた。でも、私は素直に「手伝って」と言えなかった。台所や風呂場などの隅々まで十二年の汚れがたまりにたまっている掃除が大変なことはわかっていたが、きれい好きのドイツ人にそんな所を見られるのが恥ずかしかったのだ。

それが、同じ日本人の遠藤さんがどんどんきれいにしてくれると、恥ずかしさがとんで、ただありがたかった。あの時、遠藤さんが実に手際よく掃除してくれなかったら、どうなっていただろう？

ただ、ひとつもったいないことがあった。大きな鍋に残っていた、南ドイツのほうの郷土料理のモツ料理を遠藤さんに捨てられてしまったのだ。

最後のお別れ会を、がらがらになった住まいで開き、友人・隣人を二十名ほど招いた時に、ヒデの友達で料理の得意なステファンにめずらしい料理を何品か注文したのだ。材料費はこちらもちで。少しの手間賃で彼は腕をふるってくれた。そして、お客に喜ばれたけれど、大量すぎて残ってしまったのがモツ料理だった。

この料理を知らなかった遠藤さんは、なにか気味悪い食べ物の残りと思ったのだろう。さっさと捨ててしまった。パーティーでお客をもてなすのに忙しくて、私達はゆっくり味わっていなかった。いざ食べようとしたら、鍋が空っぽ！　弘一はそれから数年間、半年に一回ぐらいは「あれ、もったいないことしたよな」とぼやいていた。

でも、彼はそんな文句を言える立場ではない！　最後の夜になっても未だかたづかない台所（八畳ぐらいあるのだ）で私が途方にくれていた時、救ってくれたのは弘一ではない。彼は、アトリエの整理に追われていた。

画家のアトリエの整理の大変さは、直接身近で体験したことのない人には想像もつかないだろう。多種類にわたる画材の整理は、結局は画家自身にしかできない。どれを捨てていいのかも本人でないとわからないのだ。

最後の最後までかたづかなかったのは、結局アトリエだった。ヒデが何度も来て手伝ったが、間に合わなかった。大掛かりな引越しの時期に突入しても、弘一は毎日数時間はしっかり仕事をしていた。

百平米もある住まいには十二年間に集まった家具類がたくさんあった。私達の紹介で、親子ぐるみで仲良くしていたロートラウドが後に入居することが決まった時、私はいかにも寛大そうに、「あなたの欲しい物をみんな置いていくわね」とオファーした。なんと、彼女は「みんな要らないわ。私の家具を持ってくるし、足りないのは新しく買いたいの」と返事したのだ！　屈辱感でしばらく口もき

芸術財団の個室

けなかったが、落ち着いて考えれば当然の答えだった。
ロートラウドは両親が教師と彫刻家で、大きな家でいい家具に囲まれて育ったのだ。自立してからも、自分の好みに合ったインテリアを少しずつ集めてきた。彼女にかぎらず、私達が交際していたドイツ人は住まいを大事にし、清潔に保ち、いい家具をそろえる生き方をしている。私達のように、友達がいらなくなった家具を寄せ集めて満足するようなこ

とはしないのだ。

シュトゥットガルトをひきあげる時も、後に入る人に洋服ダンスなどをあげたかったのだが、「好みに合わない」とことわられてしまった。それでも、粗大ゴミに出してくれると言うので大いに助かったのだが。

大塚の一人住まいをきれいにするのもあれだけ大変だったが、シュトゥットガルトはもっと骨が折れた。あの時もヒデが最後にかけつけてくれた。

弘一がアカデミーを卒業したのは、私がフランクフルト大学で日本語講師になった一九七九年の秋のことだった。それから二年間にわたって「アトリエ奨学金」をバーデンビュルテムベルク州の芸術財団から授与された。お金ではなく、「芸術家の家」という、丘の上にある素敵な館の一室を提供され、おまけに、その家で一回は個展が開けるという特典つきだった。

最初の一年はアトリエだけだったが、二年目は小さい部屋に寝泊りすることも許され、画家仲間たちと台所や風呂場を共有する生活に入ったのだ。光熱費まで財団が払ってくれた。

この二年間は、私達はお互いに行ったり来たりした。一週間の半分は二都市に分かれて、あとの半分はフランクフルトかシュトゥットガルトでいっしょに過ごした。

　二人の結婚生活を始めた住まいから一部の物を「芸術家の家」に運んだ後で、残りをフランクフルトに運んだのは、三月ではなく五月だったが、大変な思いをしたことは他の三月にした引越しと変わりはなかった。

　その何ヶ月も前から弘一が車でフランクフルトの私のところに来るたびに少しずつ物を運んではいたが、やはり最後のドライブがすごいことになった。

　ヒデもいたので、私は後部座席を倒してぎゅうぎゅうに物を押し込み積み上げた上にすわることになった。天井まで五十センチぐらいの空間に膝を抱えて座れた時は、小柄であることに感謝した。そんなことはめったにない。長い人生、あと十センチ身長があったら、と思うことばかりだったが。そのきゅうくつな姿勢で夜のアウトバーンを二時間かけて二百キロ走ったのだが、後続の車の人には私の姿がどう見えただろう。車の天井におしつけられたようなジーンズ姿の東洋の女性（いや、女の子。あの頃の私は十代に見られることが普通だった。）紛争地域から逃げてきた難民と思われただろう。

　その十二年後の日本への大移動で、思いやりのある人と信じ込んでいた弘一の別な面を初めて知ることになった。荷物をまとめたり、あちこち掃除を始めたりする私のわきで悠然と制作を進める画家がいたのだ。

「お妙、怒っているみたいだね。でも、俺はどんな時でも仕事をしていないと落ち着かないんだ。」はい、はい、よくわかっています。

しかし、数日後私は爆発した。「あのね、捨てるしかない家具の始末なんかは男でないとできないのよ。このままじゃ、三月九日に日本に帰れない！」

さすがの弘一もそれからは仕事をあきらめ、作品を梱包し、預かってくれる人たちのところに運んだり、ばかでかい製図デスクをヒデのアトリエに運んだりし始めた。

それでも結局追いつかず、アトリエの一部と子ども部屋の二段ベッドの解体はヒデにおしつけることになった。それは、前の住人から譲り受けたダブルベッドを弘一が器用に二段ベッドに改造したもので、吉と彼の友達だけでなく、客の多くが使い重宝した。

フランクフルトで知り合った忍と一九八三年に結婚したヒデは二人の男の子の父親になっていて、うちの二段ベッドをもらうことになっていた。ところが、元々中古のダブルベッドを弘一が無理して改造したのが限界で、木材が既にいたみきっていて、解体作業の途中で崩壊し、細かい木片が無数に飛び散り、ヒデと友人二人がひどいめにあったという。結局ベッドは使い物にならず、木片を集めるめんどうなことだけになってしまった、と。

私が後日それを聞いて大いに心を痛めて謝ると、ヒデは「兄貴の後始末をするのには慣れてるよ」と笑う。浦和西高等学校卒業後、東京の美術学校で学んだ弘一は、与野市の実家を出て、浦和に住んだ後、陶芸家たちと住まいを共有するようになった。（なぜか、近所の人たちからは「お化け屋敷」と呼ばれていたそうだ。）

二十五歳の夏（ミュンヘン・オリンピックのあった年）に、半年だけドイツに行くと言い、スーツケースを半分だけいっぱいにして日本を出たのに、結局一時帰国したのは五年

後だった。

弘一が置いていった物や作品の面倒を見たのは、弟だった。そして、両親が一九七四年に牛久（茨城県つくば市、最寄り駅が牛久）に移り、ヒデがレンタカーのトラックで兄の大きな作品を運搬した。

そういう弟に「面倒かけたな」とか「世話になったな」と弘一が声をかけるのを見たことがない。いつも尻拭いを弟がしてくれた、と私に話したこともない。この仲の良い兄弟にとって、それはごく当然のことのようだった。弟が兄を敬愛していたばかりでなく、弘一も弟を高く評価

グラーヴェンブルッフ　私たちが12年間住んだ、フランクフルト郊外の町

していた。ヒデの最新作を見る度に、「オレのよりいいのを描く」とうれしそうだった。

私がこうして弘一について書くように、ヒデが書くようなことがあったら、ずっと奥深いものになるだろう。それだけ二人の兄弟愛には深さが感じられた。弘一を理解しきれなかった私には義弟が羨ましくもある。

最後の夜は、吉は遠藤家に泊めてもらった。弘一はほとんど徹夜でまだ物の整理をしたが、私は数時間仮眠をとれたと思う。翌朝最後のかたづけにあがいていると、吉の友達のマニュエルから吉に別れの挨拶がしたいと電話があった。遠藤さんの電話番号をおしえようとすると、「もう、いい」と言う。悲しそうな声だった。

空港まで送ってくれたのはヒデだったが、チェックインしてから住まいの鍵束を彼に渡すのを忘れていたことに気がつき、場内放送でヒデを呼び戻し、鍵を渡すことができた。それぐらい弘一も私も疲れきっていて、なおかつ興奮していた。買ったばかりのスーツケースの暗証番号も二人ともとっさに思い出せないほどだった。

そんな私達をドイツの母、インゲと夫のカールが見送ってくれた。私へのかわいがりかたが日本の母そっくりだったので、インゲは私の中で「ドイツの母」だった。十四しか年が離れていないので、本人に面と向かってそう言うことはなかったけれど。カールとも大の仲良しだったが、彼は「ドイツの兄」であっても「父」ではなかった。どうしてか、ときかれても説明できないのだが。

いずれにしても、かれらも弘一も今はもういない。私自身、六十歳を超えた（二〇二〇年現在七十四歳）のだから、愛する人たちが次々に去ってしまうのはむしろ自然の摂理といえる。でも、吉はどうなのか。二十歳で父親を亡くし、その前後にインゲとカールに死別した。ドイツでの楽しい思い出を彩る人たちを思い浮かべ、「ああ、あの人は今はもう……」と思うとき自分が六十歳なのと三十歳では、その年齢差が不公平で不条理に思える。

帰りの飛行中の記憶は、あまりない。窓際に吉をすわらせ、私は真ん中にすわった。それまであまりにも忙しい日々が続き、ドイツを去る感傷にも浸れなかったが、飛び立ったとたんに、胸がいっぱいになった。

さようなら、ドイツ！　そして、日本での新しい生活は？　私は右手を弘一にのばし、彼はそれをしっかりと握った。それを見た吉が自分も負けじと右手を私の左手の上に重ねた。弘一と私は思わず顔を見合わせ、微笑んでしまった。

成田空港には父と義母が待っていた。父は、吉正を抱きかかえ、「大きくなったなあ！」

それから八年後、父は九十歳で大往生をとげた。

こうして書きながら重要な引越しのことを忘れていたのに気づいた。帰国後五年経ち、牛久から千葉県東金市に移ったことだ。このエッセイを書こうと思ったとき、なぜそれを考えなかったのか。理由は、簡単。他の、国境を越える大移動にくらべて、日本国内の移動にすぎないからだ。

本格的な帰国が決まった時、まずは牛久の那須家にころがりこみ、しばらくしたら東金に移るつもりだった。ドイツでは、東金のことがさっぱりわからなかった。九十九里浜に近いこと、その近くに長兄（正之）が別荘を建てたことぐらいしか手がかりはなかった。十四年（弘一は十九年）もドイツで暮らし、日本への社会復帰がはたしてうまくいくか、二人とも心配だった。

一番心配だったのは、吉の学校のことだった。ドイツのメディアでは、日本の学歴社会を批判する特集記事・番組が注目され、ドイツ人の友達は「そんな所に吉を連れて帰るなんて！」と非難した。

帰国子女としてつらい目に合わないようにするには、親子三人でゼロからスタートするより、その地域社会に根を下ろしている義母という大樹に寄りかかるのが安全だろう。

それに、私の仕事の都合なのに帰国を承諾した弘一は、長男として「おふくろに孝行したい」という思いをつのらせていた。一九八三年に義父が亡くなり、義母は八年間も一人で暮らしていた。私達はその間に三回里帰りしていたが、短期間の滞在後、あわただしく遠い国へ戻ってしまう長男一家を見送る度に義母はどんな思いだったことか。

かくして、義母一人が静かに守っていた、六畳二間と四畳半一間の小さい家（床面積は、ドイツのアパートの三分の二）に親子三人と百二十キロの荷物がぎゅうぎゅう押し込まれることになった。でも、もともとすっきりしていた家なので（私の実家と対照的!!）、工夫すると、それもうまく収まってしまった。

ドイツで他人からもらったり、粗大ごみから拾ってきたりした家具に囲まれていた私たちだったが、十四年間に二、三回は新品の家具を買ったことがあり、その一つに白いダイニング・テーブルがあった。両端を折りたたむと長方形だが、広げると楕円形になり、八人ぐらいすわれた。五万円ぐらいだっただろうか。

日本へのコンテナ混載便を日通に頼んだとき、私はこのテーブルを持って帰るとだだをこねた。弘一はあきれて、「ばっかだな。こんなでかいのが日本の家に入るわけない！」

日通の人にも説得されて、結局二万円ぐらいで日本からの留学生に譲ったが、あのテーブルは今も目に浮かぶ。あのテーブルを囲んで、家族だけで、またはお客を交えてどれだ

大きなテーブル

け多くの楽しい食事をしたことか。でも、持って帰らなかったのは正解だった。

　帰国後すぐに九十九里浜近くの城西国際大学を見に行った。開学直前のキャンパスは一部まだ工事中だったが、ここが新しい職場と思うと胸がはずんだ。大学の周りを歩くと、きれいな団地がある。ゆったりとした一戸建ての庭付きが三千万円以下だということが電柱の張り紙ですぐわかった。ローンを組めば、買えそうだ。一、二年後には引っ越そう。

　ところが牛久へ帰る電車の中で弘一は「あの地域はあまり好きじゃない。それに、家は牛久に一軒あれば十分だ。お妙には負担になるだろうけれど、引っ越さないほうがいい」と言い出した。ちょっとがっかりしたが、素直に同意した。それぐらい牛久での生活が気に入り始めてもいたのだ。

弘一の母ほど、日本人のもつ母親像を具現した人を私は他に知らない。かぎりなく優しく控えめで、あたたかい。しかも知的で感受性が豊かなのだ。きれい好きで、家の中をすっきりさせている。そして、娘時代に洋裁・和裁の専門学校に通い、プロの技術を身につけた。趣味でずっと縫い物をしているが、子供たちが家を出て夫も亡くなったあとはそれが心の支えになっている。私は何十枚もの素敵な洋服、帽子、手提げをつくってもらった。実家のごみの山の中から発見した高級な反物で着物も縫ってもらった。

そんな母に育てられた弘一は、吉正に対して私がけっして母性愛だけで接するばかりでないことを知って、とても驚いたようだ。私も驚いた。自分は子供好きで、母性的な女性と信じ込んでいた。兄姉の子供たちの子守も十分楽しんだ。ところが、いざ自分が母親になってみて、子供が言うことをきいてくれないとき自分も子供のようになってしまうことに初めて気がついた。子供のようになるというより、ヒステリックに怒ったあと、一日ぐらい氷のように冷たくなるのだ。もっともしょっちゅうあることではなく、半年に一回ぐらいの頻度だろうか。

私がそんな態度をとったのは、実の母と夫と息子に対してだけである。この三人だけが、時々冷たく自分の殻の中に閉じこもってしまう私にはらはらさせられた。弘一は、自分に対して私が不機嫌になるのにも心をいためたが、まして一人息子に対する私のそういう面をとても心配した。ここでまたことわっておくが、私が半年に一回そんな態度をとる原因は、相手側にあったのだ。夫や息子が私を怒らせるようなことをして、たいていは怒ってもすぐに許す私だったのだが、たまに許せなくなってしまったのだ。自分の名誉のために強調したいのだが、むらぎな人によくあるように、理由もなく不機嫌になるということはなかった。

いずれにせよ、弘一に「俺がドイツに行っている間、お妙と吉だけになると心配だ」と言われると、反論できない私であった。しかし、今思えば、結局は弘一の都合のよいようにことが進められていた気がする。彼は帰国しても、ほぼ毎年、一年の半分近くをドイツで制作した。自分が不在の間も妻子が母といっしょにいてくれれば親不孝しないですむ、そんな気持ちがあったのではないか。

しかし、変な話ではある。一家の大黒柱はやはり私だった。稼ぎ手の私がどうして一週間の半分を単身赴任しなければならないのか？　それを変に思わなかった理由がもうひとつあった。吉正の進学のために筑波地域のほうが東金よりはるかにいいと思えたことだ。

ドイツからはあれだけ日本の学歴社会の弊害を批判していたのに、いざ帰国すると有名大学に子供を入れたくなったのだ。人間は、結局自分勝手な生き物だ。

五年もの間、毎週茨城と千葉の間を往復し続けた自己犠牲にも当然限界があり、突然「引越ししたい！　毎日自分の家に帰りたい！」と騒ぎ出したのだ。弘一も吉正も大ショック。一番落ち込んだのは義母だった。私の気持ちはよくわかってはくれたが、自分が置いて行かれるという思いだったようだ。勿論いっしょに引っ越そうとすすめたのだが、同意するはずはなかった。自分の家があるのだから。

五年間も義母はまるきり生活感覚の違う私たちをよく受け入れてくれた。朝早く起きて孫が学校へ出かける支度を手伝ってくれた。家にいるときは昼寝をちょこちょこしたり、夕食には晩酌を欠かさなかったりする変てこな嫁をあたたかく包んでくれた。義母も楽しかったのだ。長男は半年近くドイツで過ごしても、日本にいる間は四六時中いっしょで、家事を手伝ってくれたり、色々な所に車で連れて行ってくれたりした。あの五年間（正味三年ぐらい）、弘一は十二分に親孝行をした。普通の男性が一生かけてするだけのことをしてあげた。

それでも、一九九七年の三月下旬に私たちと荷物が出て行ってしまった日、義母はどん

牛久の家

なにつらかっただろうか。そして、吉正も悲しそうだった。車が茎崎町から408号線に入る前、私が話しかけようとすると、「黙ってて！」とめずらしく強い口調で言った。たかが子供の一時の感傷と思った。結局、親がよければ子供にもいいに決まってる。ドイツから帰って来てよかったじゃない、と。それから三年後、吉正に重大な精神的危機が訪れることになろうとは、夢にも思わない、自己中心的な私であった。

五年間、東金での生活を弘一はそれなりに楽しんでいたようだ。近所の人とよくおしゃべりをし、地域の班長役を一生懸命つとめたこともある。区長さんに気に入られ、役員になってほしいと口説かれたこともある。でも、ドイツにいることが多いので、と断った。

（二〇〇七年三月東金にて）

二　弘一の日記から

鳥瞰図がインスピレーションになることもあった。

一九七三年二月二十四日

過ぎてゆく時間の流れの速さと自分の記憶のあいまいさにやむを得ず日記をつけることにして、今日からこのノートをうめてゆく。ヨーロッパに来てもう何ヶ月になるのか。七月二十四日に日本を出る。

原田の手紙によれば、なにか旅慣れた旅立ちに見えたそうだが、内心は初めての外国旅行にかなり興奮していたように思う。

しかし、ヨーロッパに来てからもう七ヶ月、そのうちパリに四十日、イタリア、オランダ、ドイツなどを旅行し、Brannenburg《ブランネンブルク》に二ヶ月、München《ミュンヒェン》, Stuttgart, Düsselforf《デュッセルドルフ》を経てStuttgartに十二月十日に着き、早や二ヶ月半が過ぎようとしている。

そう思えば、その時その時にいろいろのことがあり、楽しかったり、苦しかったりしたことを思い出す。しかし、自分が今ヨーロッパにいるという実感は、日本で思ったように、日本を遠く離れた異国にいるということにとどまらない。日本の戦後の人間として、自分の内にあった西洋、自分の周りにあった西洋のイメージまたは実像が、ヨーロッパに来て真の西洋にふれてから、両者の間に大きな差があることに少しずつ気がついた。そのことにより、自分の中の日本を少しずつ見直せたのではないかと思う。

日本でもドイツでも、人間の作り出した物質の氾濫は同じで、人はデパートの大安売りに殺到し、自分の精神をなにか目に見える物質に変えてゆく。そして、部屋の中に自分の世界を、また社会の中に自分たちの世界を造り上げてゆく。その価値観の中に日本とドイツの差を少しずつ見ることができると思う。

そういった環境の中に自分を置いて時間を過ごしてみると、自分のやりたかったことが別の視点からながめられるような気がする。やはり、あと二年はドイツに滞在して勉強したい。

今日はManfredに頼んで、ラジオレコーダーを買う。ドイツに来て初めての買い物だが、三百マルク少々（大体三万円）、持ち金の少ない今はイタイ出費だった。

秀至とH、Sに手紙を書く。I氏より手紙。

二　弘一の日記から

一九七四年九月十日　イタリアのRavenna《ラヴェンナ》に遊ぶ

E・A・I・松原・O・山川諸氏にはがき

九月十四日

旅行の最後の日である。画のない生活が一週間続いた。もっとも、その間Ravennaへ行って教会やモザイクを見たが。モザイクにはあまり感心しなかった反面、教会や建築にはなにか素朴なものがあって、それに共感を覚えた。

自然をあてにしていたが、それは大きく裏切られた。ヨーロッパ、人間の作り上げたもの、またその物に満足しながら、その内で自然を、俺にとっての自然を一つのObjectとして扱い、自分の生活の一つのモチーフにしている。休暇というものを余暇としてしか受け入れられない、あわれな人々。

その自然観と同時に、イタリアに来て自分の外面に対する東洋をまたしても思い知らされた。これは別に書くほどのことでもなく日常のことであるが、それが内なる物への反流ということは、ドイツにいる時ほど感じない。一時的にいる国のことゆえであろうか、またはイタリア人の陽気さからであるのか、とにかくイタリアの画を見ていると、自分の制作に結びつくようなものはあまりない。イタリアにおいては建築的なものが自然に内容と共和する。

イタリアの海を見ていても、その中に自分を投げ出せない、無と言うものになりきれない。いつも自分をもっていないと周りの物に入りこまれ自分を失い陥落されてしまうよう

アカデミーの友人と

に、またそんなところに他に対する自己というものがイタリアにあるのかもしれない。
　ドイツでの自己とは、他を無視しても成り立つもので、自己自身に重みがあるが、イタリアにおいては何か他に対する自己であり、他が無になった時、自己も消滅する。外面としての感覚は、イタリアにおいてなにかある純粋さを見せるが、それに対する自己の重みはあまり感じられない。あくまで古典に対する人間であり、人間としての人間を今度の旅行ではあまり感じなかった。Ravenna に行くより Assisi《アッシジ》に行くべきであったかもしれない。

三十日（旅行後）

昨日堀越に借りた森村誠一の推理小説を読んで、あまり仕事にならなかった一日。

午後二時からBesprechung《ミーティング》（第十四章参照）。Dreyerの一人舞台。ヤツはヤツなりに日本のことを色々知っているが、生徒に日本のことを話すときには、語学の関係から詳しいことは判断しかねるが、どうも独断的である。その間を通じて感じたことは、かれらにとっての制作の論理である。その中で、ことばはどんな位置にあるのか。ことばというより自分の作品に対する論理がである。

自分の作品に対する位置というか、作品の自分に対する必然性である。その曖昧で不安定な自分の考えがことばの難しさでカバーされてしまったような感じがしたものだ。

ドイツ人は、やはりドイツ人として俺を見ている。語学の障害の大きさはまだ克服できないでいる。視覚的な自分の作品の弱さ。その純粋性と凝集力が内面的または内向的な方向をもっていることにあらためて気づく。

一九八一年頃？

十年前の今頃俺は何をしていただろうか。バイトで新聞社と浦和の間を行ったり来たり。ドイツ語を勉強し、制作をかろうじて続け、渡欧資金を得るため、四月の展示のために、そしてドイツでの生活を考え、日本でごちゃごちゃ何かをやっていた。

　ドイツという、日本と全く違った国を自分の知識と少ない情報により想像し、ドクメンタとベネチア・ビエンナーレをきっかけに日本を出た。それまでの俺は、荒川修作のような特記すべき制作行為もなく、かといってあれをやったらよかったとも言うほど自分の制作に対する批判もなく、別に満足した制作をしていたわけではないが、特に反省することもない。

　自分としてはできるだけのことをして、自分なりの制作はしていたと思われる。平均的な学生として、一応のインフォメーション（現代美術に関する）は集め、社会的には全然認められずとも、一応は発表し、それなりになんとかやっていたのではないかと思う。

　日本を出るきっかけ、目的はいくつかあげられるが、今となっては別に特記するほどの必要もないように思われる。今思えば、その当時は西洋に対する、なんともいえぬコンプレックスがあったのではないだろうか。日本の団体展に見るヨーロッパの新美術の紹介、美術誌による現代・近代美術のインフォメーション、美術学生一般の西洋かぶれ、いろいろなものが重なって、渡欧ということになったのではないだろうか。名乗るべき美術大学へ行ってなんとかやっていれば、はたしてヨーロッパに来たかどうかも分からない。

まあ一番の大きな理由は、美術大学にも入れず、作品を発表してもあまり社会的な反響も得られず、かといってそういった社会を積極的に変えようともせず（当時は学生運動も第二の大きな波をすぎて、落ち着きかけていた。）、ある期待を持って日本を脱出した形になった。ある期待というのは何だったのだろうか。

二〇〇二年（闘病中？）

形を造り上げる　Gestaltung　composition

形象（文字）に身をゆだねる　interpretation

物と自己との主張・対話　konkret

人間のその時の考えや体験・感動・思想などを、美術作家の場合、作品の中に封じ込め、それを見る人によって、その時間や空間に制約されることなく自由にまた取り出せる。そう考えていたし、今もそうである。

私の場合、作品の主題が造形的・美学的・視覚体験的なものの積み重ねなので、他の政治的な主題や社会文化批判的なものを画題にしている作家に比べると、美学的にワンクッションをおき、言語的表現に置き換えると、かなり抽象的な表現伝達になっていく。

その時に、自由になる時間は大きな味方だ。いつも物質的な現実と対峙している人びとに解釈の可能性を与える。

三　どうしてドイツへ？

シュトゥットガルトの美術館マップ

この問いを、何人のドイツ人・日本人が弘一へ投げかけたことだろう。そして、彼亡き後は、私がそれを受けている。答えはいくつかある。まず、彼は他の芸術家がたくさん行っている所へ行きたくなかった。一九七〇年代は（今もそうだが）、みなニューヨークかパリに憧れた。だから、それを敢えて避けた。でも、この二都市以外にも選択肢はたくさんあるのに、どうしてドイツへ？

高校時代からの親友のお兄様がドイツ女性と結婚していて、ドイツに親近感を覚えたから。そして、これが一番芸術家らしい理由だが、その頃の弘一はMax Ernstに傾倒していたのだ。エルンストの作品集が見たくて、六本木のOAGによく行ったそうだ。（OAGは今日のドイツ文化会館で、約三十年後には弘一のお別れ会が開かれた。）

画家になるのを反対していた両親には、半年だけヨーロッパに行くと言い、スーツケースに半分だけ荷物を詰めて日本を旅立ったのが、ミュンヘン・オリンピックのあった一九七二年の夏だった。パリを観た後、南ドイツの小さな町のゲーテ・インスティテュート（ドイツ政府が関わっているドイツ語学校で、ドイツ国内に十二箇所、国外に百五十七箇所ある。）でドイツ語を学びながら、何箇所かの都市にある美術大学を見てまわった。気に入ったのは、デュッセルドルフ、シュトゥットガルトともう一か所だったが、一番日本人の少ない町を選んだ。それなのに、そのシュトゥットガルトで、妻になる日本女性と知り合ってしまったのだから、皮肉なものである。

そもそも日本を脱出したくなったのには、芸大の入試に何度挑戦しても、最終選考で落ちてしまったからだ。その頃学んでいた東京の美術学校の恩師山川先生（芸大教授）は、「あの頃の那須君は、内部に燃えたぎっている炎の扱いをもてあましていた。だから、思い切って海外へ行ったらとすすめた」とおっしゃった。奥様も「主人は、教え子たちにしきりに海外へ行くことをすすめたけれど、実行したのは那須さんだけだった」と。そして、まだ留学がめずらしかった時代に海を渡った私の勇気をほめてくださり、「出会うべくして出会うお二人だったのね。」

弘一は、またこんな話をしてくれた。「美術公募展でバイトをした時、応募作品を審査員の前に運ぶ仕事だったんだけど、驚いた。審査員の中には疲れて居眠りをしている人たちがいたんだ。作品がまた運び出されるまで、ろくにそれを見ていないのに、評価結果を出していた。おそらく、自分の人脈にある作家かどうかだけで判断していたんだろう。あれを見た時、おれはこんな世界で絵を描きたくない、と思った。」

シュトゥットガルト美大の入試で、生涯の師となったドライヤー教授は、弘一の作品を見て、「この日本人の技術は、完璧だ。入学させて、後は私が指導する」と断言されたそうだ。

他の人と同じにはなりたくない、という気持ちから、ドイツでは日本人であることを意識されるのを嫌がった。「外国にいて、日本人だから評価されるのはごめんだ。」

そのため、手漉きの和紙を使うのを長年避けていた。何枚もの紙を重ねていく工程に、色々な紙を試し、新聞紙の吸水性が悪くないと思い始めた頃、あるベージュ色の紙に巡り合った。

それは、ドイツ人が日本の手漉き紙を真似して機械で作った紙だった。機械漉きなので、価格も手頃だ。何という村だったか思い出せないが、二人で車で出かけ、大量の紙を買い込んだことがあった。

一九八二年に吉正が生まれ、私たちは四年ぶりに里帰りした。そして、東京のウナックサロンで第一回の個展があった。子供が生まれてから、二、三年に一回は里帰りし、個展も続けられた。

日本には、かつての同志たち（画家志望）がいて、それぞれ別な道を歩んでいたが、弘一をあたたかく励ましてくれた。かれらが、「和紙はやっぱり手漉きがいいぞ」と各地の

ウナックトウキョウ個展　1983年

和紙を提供してくれて、弘一は、「ああ、やっぱり手漉きはいい！」

G夫人は弘一作品を愛好してくれ、ご主人（ノーベル賞の候補にあがるような医学者）とお嬢さん（日本語の私の教え子で、医者になった）の三人で何回も個展に足を運び、数点の作品を買ってくださった。

夫人は、ある作品の前で弘一にこう言った。「あなたは、自分は特に日本的じゃないって言うけど、この繊細さは日本そのものよ。」

弘一の弟ヒデ（在独四十年以上の抽象画家）は、「兄貴の作品の繊細さは、普通のドイツ人にはわからないよ。」と言い、私を驚かせた。日本でよりもドイツで認められ、作品も売れるので、弘一の繊細さがドイツ人に評価されると思っていた。

それなら、ドイツ人は弘一作品の何に惹かれるのだろうか？　制作中も休む間も、ずっと作品のことを思い、次にどうするかを考えていた。そういう目的に向かう、ひたむきさがドイツ人の共感を呼ぶのか。

一方、私は日本人の美術愛好者で弘一作品がわからない、という人たちが不可解だ。美意識の高い人たちなのに、弘一作品の前で首をかしげている。

困るのが、説明を求められることだ。作品と静かに向かい合って、ことばなしで対話してほしいのに。

他人の真似をしない、という信条を彼は私にまでおしつけてきた。私は十代の頃から英米文学の翻訳者になれたら素敵だと夢見ていたのだが、弘一は、「ひとが書いたものを訳すなんて、おもしろくない。自分で書けばいい。お妙は文章がうまいんだから」と言った。

私はその影響をもろに受けて、翻訳家にならなかった。仕事では日本語・英語・ドイツ語の翻訳（カラーテレビとタイヤの部門）をたくさん手がけたが、文学の翻訳とは縁遠かった。

いや、実は一度だけドイツ青少年文学作品を翻訳したことがある。イリーナ・コルシュホフの作品で、私は会社勤めをしながら半年以上かけて翻訳した。その努力が水の泡になったのだ。どうしてかは、書きたくない。

ウナックトウキョウ個展招待状

作品の風呂先屏風と掛軸のある茶室

でも、わくわくしながら苦心してドイツ語を日本語に移すことの醍醐味は十分に味わえた。

弘一に言われたように、自分の好きなように自由にエッセイを書くのが自分に一番合っていると、今の私はたしかに思う。

話が弘一のドイツ行きの理由からそれてしまったが、私は今までに出版した、『異文化への旅路』三冊を弘一の写真の前に置き、「あなたの言う雑文家になれたわよ。」と言う。

「雑文家」と彼が言ったのは、学術論文が書けないと嘆いている私を励ますためであった。

「論文じゃなくて、雑文でいいんじゃないか。自分らしさをそこで発揮できればいいんだから。」

四　弘一の手紙（一）友人あて

愛好者たちに囲まれて

一九七二年九月十一日（絵葉書）

前略　八月三十一日にパリを出発、イタリア、オーストリア、スイス、オランダを旅行して、九月二日にドイツのブランネンブルクという小さな町に落ち着き、今語学学校に通っています。写真のように小さな町で、遊ぶところもなく、勉強には最適ですが、今のところ学校の勉強に追われて、画を描くひまがありません。君は、今どうしていますか。すぐ返事をください。あまり楽しみもなく、手紙ぐらいが外界とつなぐたった一つの楽しみです。十一月末まで当所にいます。

那須弘一

一九七三年七月

六月二十一日付の手紙ありがとう。アエログラムなどで返事することにお詫びする。何といっても、こちらの事情がさしせまっているもので。ところで、君も大分充実した毎日を送っているようですね。画材の値上げで大分苦しめられているようですが、何とかすればば（がんばれば）、語学の不自由でない日本ではなんとかなると思います。

先日、日本からアクリルカラーを送ってもらい、今、少し大きな作品を描きだしたところです。今のところ、ドイツでバイトできないので、家からの仕送りで何とか食っているところです。ここは、パリと同じぐらい物価が高く絵の具などはまだ使える段階ではありません。早く油を使って描きたいと思う。

君も鶴見に引っ越してからは、かなり安定した生活をしているようですが、俺もBotnang《ボートナン》に引っ越してからは静かな環境で落ち着いて制作を進めています。

シュトゥットガルトは丘の町で、今いる所は駅から丘を一つ越えて（市電で終点）、そしてまた十分ほど丘を登った頂上にあり、すぐ隣は森になっている。窓のそばにリスやハリネズミが時々顔を出し、また今はサクランボが丘の上に赤い実をつけている。初夏のドイツは、本当に楽しいです。パリで生活するのと違って、ドイツは落ち着いて勉強するのには最適の場所と思います。

先週は、通訳の仕事でミュンヘンに行って、大きな展覧会を観てきました。七月の中旬には南イタリアに旅行する予定でいます。あとどのぐらいドイツにいるかわからないが、ヨーロッパの中心という地の利を生かし、充実した滞在になるよう努力します。君も健康に気をつけて、充実した毎日を送るよう祈ります。

またお便りください。

那須弘一

一九七三年九月

大分間をおいて、今日君からの手紙を受け取り、すぐに返事を書く。小生の方も何かと忙しさにかまけご無沙汰したので、何から書き出してよいやら。ともあれ、君も元気に暮らしているようで何より。また、食うために色々苦労するのはいずこも同様。ただ、外国にいて、日本にいる親から離れていると、その「食う」ということもまた違った重みをもってくるようです。

今のところ、食うための仕事も、シルクスクリーンの世界的なレベルの工房での仕事なので、学ぶことも多く、色々ためになる。ただ、自分の仕事ができないのが大変もどかしい。しかし、そこで刷るヨーロッパの名のある画家との接触もよい経験になるし、また今月にはその工房で俺の作品を刷る許可が下りたので今ははりきっているところ。

十月中旬には新学期が始まるので、これからまたひとふんばり。来学期中に六枚のシルクスクリーンをしあげるつもりである。そのためには、何十枚かのオリジナルを描き、その中から選ぶので、今から考えただけでも大変な仕事のようである。

テーマは、先日和子の持ち帰ったシルクの感じをもっと進めたものであり、このシステムであと二、三年煮詰めてみるつもり。ここ一年半付き合っているものだが、何か一つのものを何年間かかけて（一つのシステムにおける制作、それによるテーマの深い掘り下げと他の新しい可能性を）三、四年程度の区切りでつくってみるのも面白いと思う。というより、今の俺には他の方法は考えられない。

言葉で言っても、テーマやそれらのことは言い表せるはずもなく、これは来年の春日本に帰る人に持ち帰ってもらうので、それを見てほしい。

ところで、今年の夏は合計九人の日本人が俺の所に泊まり、また去って行った。その疲れと、工房での七月下旬から九月上旬までの仕事の疲れを休めるため、イタリアのアドリア海に面したリチオーネという海水浴場に遊んだ。約一週間いたが、君と神津島に行った時ほど黒くなった。イタリアのアドリア海岸はドイツ人の保養地になり、自然はなく、本当の海を観たくて行った俺にはなにか物足りなかったが、まあゆっくりとした。一日ラヴェンナという古都を歩く他は四日間日光浴。仕事疲れはいやされ、また工房に日参している。

日本からの客の持参した、今まで飲んだこともないようなウィスキーを飲みながらイラン人にもらったナッツに舌鼓をうちながら、この手紙を書いている。
酔っているせいもあり、また大分漢字を忘れたので大変読みづらいと思う。まあ、色々まだあるが、今日はとりあえずこれにて。また手紙オクレ。それでは、カンパイ。日本酒を湯豆腐で飲めるうらやましい人へ。おでんのがんもどきが食いたい。スシクイテエ。水炊き、カツオのたたき、枝豆、さざえ、はまぐり、あわび、伊勢海老、すきやき食いてえ。ラーメン、奈良漬け、しそ漬け、みそ汁、納豆、豆腐……

那須弘一

一九七三年十一月十一日
とにかく学校に入学し、生活もなんとなく落ち着きました。今、一週間に土曜一日だけ下宿先の家で庭師として働いているのです。八時間ほど働いて、七十マルク（約七千円）、まあきつい仕事ですが、なんとかやっています。金の方はまだあまり安定しませんが、今週などはサッカーのトトカルチョなどを試みたりしています。ドイツでは、特にシュトゥットガルトのようないなかでは、東京のようにパチンコ、ボーリング、麻雀その他の娯楽は全くなく、仕事に対するなんの誘惑もないので、心静かに制作できます。

アカデミーのアトリエ

この下宿の部屋は百二十マルク（一万二千円）で、約十畳程度の広さ。どうもこの下宿の娘は俺に惚れているらしく、画を買ったり、手製のケーキなどを持ってくる。本当に居心地のよい所。

また、今は毎日まじめに七時に起きて学校へ行き、夕方の五時まで主に解剖学と人体を中心にやっている。いいモデル（体だけでなく大変美人）が一人いて、熱心に彼女の所に通う俺を何と思ったのか、このごろは色々話をするようにもなりました。……そんな種々の理由で、今は俺は大変張り切って制作しています。

君からはこのところ手紙が来ませんが、すぐに手紙を書いてくれることを祈っています。

一九七四年八月六日

この手紙が大変遅れてしまったことを始めに深くわびます。前回の手紙は、たしか四月であったと思います。私の欧州滞在も早くも二年になりました。その間色々なことがあった。一年目は、なんとも苦労の連続。また、二年目は美術大学に入りなんとか落ち着いて制作をするための準備。そして、七月八日にもう一度最終試験があり、今やっとなんとかドイツに定着したような気がします。（ドイツの美大は、入学試験後の一年目は仮入学。）あと四年間は試験なしで、学校で制作できます。

一年目が不運の連続であり、苦労したのに比べ、二年目は努力の成果を感じられるようになった。そして、今やっと家からの金なしでなんとかやっていけるようになった。また、幸運もないわけではない。試験にうかったことやシルクスクリーンの有名な工房でアルバイトできることや偶然シュトゥットガルトがシルクスクリーンの欧米での中心であったことなど。とにかく、やっと落ち着いた。

サッカーのワールドカップも終わり、弟の手紙では、君とテレビを観たらしいが！　ドイツは、なんといっても勝ったのだよ。Gerd Müller のコジキシュートで。また、全試合を通じて、なんとドイツチームのエレガントであったこと！　勿論、オランダの戦う力強さ。ポーランドの速さ、ブラジルの個人技、スコットランドの下品さなどは、まだ強く目に浮かぶが……。今は、落ち着きすぎて、多少退屈である。

ところで、和子が今週末に私の所に来るということである。新しい作品も彼女に日本に持ち帰ってもらえると思う。そのため、作品についてはあまりここに書きたくない。ただ、これから同方向の作品を、油によって違った可能性を探れると思う。

シルクが中心になっているので、作品が大分装飾的（グラフィックに）になっていることと思うが、オリジナルはもっとデリケートな線である。今秋アカデミーで素描（三点の）を中心にしたコンクールがある。今、それに向けて制作を進めている。このところ、英国の留学生で古美術修復のやつと知り合い（シュトゥットガルトのアカデミーは、ドイツでただ一つこの学部のある所）色々と銀筆や古い（今は手に入らないような）顔料などを持って来てもらい（無断で）、少しずつそういう材料を使って描いている。

銀筆というのは、特殊な地塗りが必要だが、描線は大変明確で美しい色が出せる。まあ、そのようにして制作を進めていくであろう。また今、金を稼ぐためにアカデミーでアシスタントとして、シルクスクリーンの工房で働くため運動中である。それが可能な場合、金銭的に大部楽になる。

先日弟から君たちのグループ展の写真を受け取った。写真で見るかぎり、皆よくやっていて、良い刺激になった。作品一つ一つの感想ははっきりと言えるはずもないが、皆技術的にはかなりの水準のところにいると思う。今の俺たちに一番大事なのは、作品のオリジナリティ、(テーマ)、それに対する凝集と集中、それを煮詰める努力と制作の量、それを持続させるスタミナであると思う。とにかくみんなの良い仕事を帰国時に見られることを祈るとともに、できれば作品をためて、帰国時に個展を開きたいと思っている。

ところで、このところ山川さんや小滝から全く連絡がない。皆それぞれやっていることと思うが、できたら山川さんの最近の仕事の写真や資料など手に入れたいと思っている。また、山口薫の画集のよいものがほしいと弟に伝えてほしい。というのは、このところ毎日工房で仕事をしていて、手紙をゆっくりと書く時間が全くないのである。

この手紙は、食事後仕事をする前、ビールの酔いをさます時間に書いたので大変読みづらく、また乱筆になったと思うが、許されたい。

それでは、また君からの手紙と皆の近況など待っている。

那須弘一

午後八時、日本時間八月七日午前四時

一九七七年　（妙子注　絵葉書をアパートから……一年後にここへ妙子が嫁いできた。）

制作の方はどんな様子で進んでいますか。秀至もやっと少しずつドイツの生活に慣れてきたようです。今年は一度日本に帰り、君に会うチャンスもあると思います。日本でも個展が開けるとよいのですが……。今年は、三～五回ほどドイツで展覧会をやります。近況を知らせてもらえれば幸いです。　那須

（妙子注　弘一は、年末から年始にかけて五年ぶりに帰国し、妙子との結婚を決めた。日本での個展は、その五年後の一九八三年に実現する。）

一九七八年二月五日

　結婚おめでとう。ドイツから君たち二人がこれからお互いに理解を深め、より本当な人生をつかんでいくことを祈ります。

　という小生も社会的には、とある女性を籍に入れ、結婚という名のもとに彼女と一緒に暮らすことになりました。多分二月の末には、彼女がドイツに来ることと思います。昨年

アカデミー卒業展　1978年

十二月には、短い間でしたが、君と話ができて、とてもうれしかった。もっとゆっくりとお互いのことを話したかったが。

これから二人ともお互い今までと多少違った社会的立場において制作に取り組んでいくわけだが、どうもまだその変化がぴんと来ない。まあ小生の方は、いわゆる一般的な結婚の儀式なるものを経ないで、異国において一緒にやっていくので、ある程度日本の社会的な一般通念から解放されていると思うが。君の結婚式の写真など送ってもらえると幸いです。

小生の方は、一時帰国後一月七日にフランクフルトに着き、すぐに十三日の三人展（アカデミーにおける）の準備を始め、今やっと平常の生活に戻ったところです。次の手紙には、展示の写真などを同封できることと思います。

展覧会は、会場の広さからも今までのドイツにおける展示の最も充実したものになりました。開会式も学長や教授の挨拶（ドイツでは、展覧会のオープニングには必ずだれか、作品に対する批評、意義などを話すのです）に始まり、かなりの人が来て、新聞の批評もなかなか良いものが出て、一応今までのところよい成果が出ています。ただ、作品が大きいので全く売れないのが残念です。まあ、二月十八日まで展示が続くので何とかなるでしょう。

さて、結婚式には小滝、M、Dなどが高松に行くと聞いています。かれらからもなにかと式の話が聞けることと思います。新婚旅行は、どちらの方に行くのでしょうか。このところかなり忙しいと思うが、少し落ち着いたら手紙でも書いてください。

それでは、また。

那須弘一

五　どこでも寝ちゃう

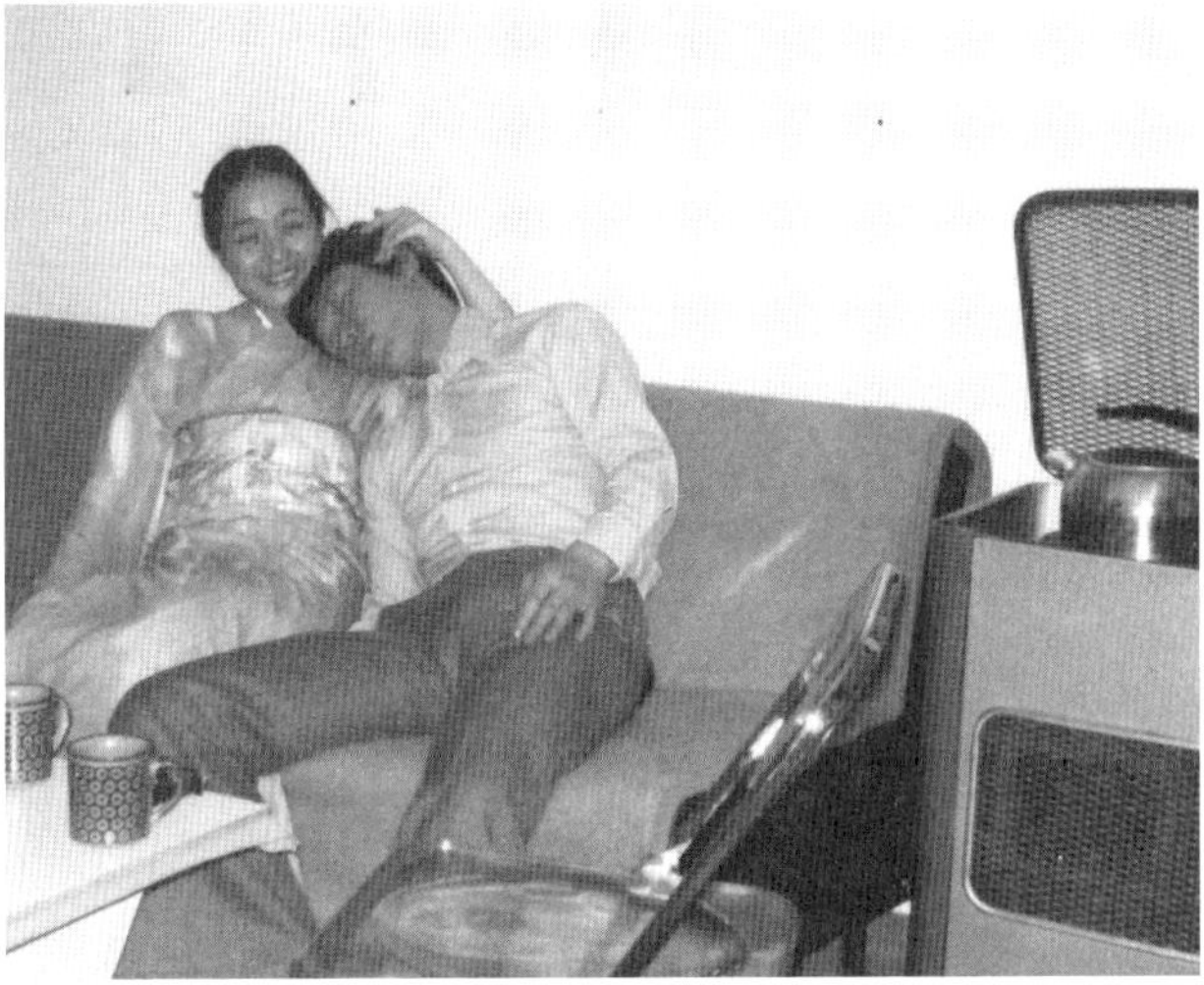

シュトゥットガルトの新居で

ドイツ各地に大勢の友人がいた弘一は、人柄の良さとたぐいまれなユーモア精神で愛されていた。勿論、芸術家として敬愛もされていた。弘一ファンに会い、昔話に花が咲くと、きっと出る話題が、「弘一は、お酒が入ると、どこでも寝た」である。

夕食時にビールを飲み、にぎやかにしゃべっていたかと思うと、コトンと寝てしまう。大抵は、ふらっと立ち上がり、近くのソファなどに転がり込んで、あっという間に深い眠りに落ちる。

時には、食卓についたまま、椅子の上で熟睡してしまう。生涯の恩師、ドライヤー教授は、「クラスが飲み会をした時、弘一は自分の席で寝てしまった。周りがどんなにうるさくても、彼の両側にいた級友たちが、彼をはさんで頭上でつばを飛ばして大激論を始めても、すやすや寝ていた。揺り動かして起こそうとしてもだめだった。」

二時間ほど熟睡すると、ケロっとして起き上がり、おしゃべりの輪に加わる。自宅やアトリエでは、さわやかな顔つきで制作を再開する。

結婚して間もなく、私たちはB家の音楽会に招待された。Bさんは裕福な実業家で、若い芸術家たちのパトロンだった。

チェロの歴史に残るヤニグロを師とあおぐ、アメリカ人のマイケル・フラクスマンを奨励したのもBさんであった。弘一とマイケルは、B家で知り合い、仲良くなった。

マイケルは、恩師の誕生日に弘一作品をプレゼントした。一人では代金が払えないので、音楽関係の友人たち何人かと出し合ったそうだ。一度、マイケルがヤニグロを那須家にお連れして来たことがあった。日本食を召し上がっていただきたいと。

そんな記念すべき夕べだったのに、覚えていることは二つしかない。一つは、マイケルがヤニグロを「マエストロ」と呼んでいたこと。もう一つは、私がお酌をすすめる仕草が優雅と、ヤニグロがほめてくれたことだ。

マイケル・フラクスマンのCD

さて、結婚後間もなく、私たちはB家のコンサートに招かれた。その頃日本から来ていた、弘一の弟も一緒だった。

B家は、なんとも居心地がよかった。豪邸ではなく、むしろ普通の家なのだが、上品な家具や調度品をさりげなく置いていて、持ち主の趣味のよさがうかがえた。

若い演奏家たち（四重奏だったか、マイケルもいたかは、覚えていない）を囲んで、二十人ぐらいの客が座った。私たちは、ガラスが施された食器棚の前に並んで座っていた。美味しい立食でワインを味わった後である。静かな演奏が始まり、いつものように弘一はうつらうつらし始めた。

私ははらはらして、彼をつっついたが、その時だけちょっと目を覚ましてもすぐにまた寝てしまう。早くコンサートが終わらないかと祈るような気持ちでいた。

その時、船をこいでいた弘一の頭が、後ろの食器棚にガツンと音を立ててぶつかったのである！　みな、こちらを見た。その後弘一が目を覚ましてしゃっきりしたのか、また寝てしまったのかは忘れてしまった。

ただ、帰り道に、「あなたがコンサートの最中に、ガラスにガツンと頭をぶつけたのには、驚いたわ」と言ったことは覚えている。その私に義弟のヒデは、笑いながら言った。「お妙さん、あれぐらいで驚いてちゃいけないよ。」

二十五年の結婚生活で、弘一がどこでも寝てしまうのは数限りなく経験した。その中から三つだけ特に記しておきたいことがある。

一九七九年の秋に、国際芸術協会（注1）がシュトゥットガルトで大がかりなイヴェントを伴う

第九回総会を開き、国内外の芸術家を招待し、展覧会や討論会を催したのだ。弘一は勿論のこと、日本から若い陶芸家も招待された。シュトゥットガルトの宮殿まで使って、連日華やかな祭典が繰り広げられた。

終盤に州知事（当時はシュペート氏）を招いて、「芸術と一般大衆」という討論会があった。弘一は知事の隣に座った。ところが、直前のパーティーでお酒を飲んでいたので、例のごとく寝てしまったのである。それからしばらくの間、彼は「州知事の隣で寝た人」と呼ばれることになった。

それだけではない。イヴェントの反省会では、「州知事の隣で芸術家が寝てしまうような、つまらないイヴェントだったのではないか」と、まじめに討論されたというのである。

一九八五年の冬だったと思う。親子三人で、ドーリスとカールハインツの住まいによばれた。ドーリスはフランクフルト大学での私の最初の日本語の生徒の一人だったが、家族ぐるみで親しくなり、現在は私がドイツに行く度にホームステイさせてもらっている、この上もなくありがたい友人だ。

知り合った頃、彼女はフランクフルトにある日本の銀行に勤めていたが、やがて独立して、夫と二人で金融コンサルタントになった。そして、お金のことにうとい私たち夫婦の相談役になり、税の申告も手伝ってくれていた。

私のフランクフルト大学との五年契約がきれる頃、弘一のビザの問題が生じた。弘一は、ドイツの最初の七年は留学ビザを取得していた。それから二年間は、バーデン・ヴュルテムベルク州芸術協会の奨学生として滞在が許可された。

私がフランクフルト大学で講師になり、その配偶者として、フリーの芸術家のビザが問題なく取れると思ったら、とんでもなかった。詳しいことは忘れてしまったが、ディーツェンバッハの外国人局に何度も行かなければならなくなった。

ディーツェンバッハは、オッフェンバッハ郡に属していて、オッフェンバッハ市以外の近郊の市町村の行政を司どっている。オッフェンバッハは、フランクフルトの郊外にある中ぐらいの町で、皮の博物館が有名だ。私たちが住んでいたグラーヴェンブルッフは、オッフェンバッハ郡に属していた。吉正が生まれたのは、オッフェンバッハ市である。

彼がドイツ人観光客相手の通訳ガイドだった頃、空港からのバスの中で自己紹介し、「生まれたのはオッフェンバッハです」と言うと、ドイツ人客はみな驚いたそうだ。たとえば、日本人観光客がドイツに行き、ドイツ人ガイドが「私の生まれは東金です」と言うようなものだ。「生まれは東京」には、だれもそんなに驚かないだろう。外国人が大都会で生まれることは、そんなにめずらしくないから。

さらに、吉のお客によると、オッフェンバッハは治安の悪いことで有名。運転マナーの悪いドライバーが多いという悪評もあった。オッフェンバッハの車の登録標識は、OFなのだが、「あれは、Ohne Führerschein（免許証なし）の略だよ」と近郊の人たちは笑っていた。しかし、私にとっては、一人息子が生まれた町であり、親子三人で六回も入院したことのある忘れられない町である。

さて、弘一はフリーの芸術家としてのビザを得るために多くの人に助けてもらったが、それでも難航したので、とうとう弁護士事務所の力を借りた。ところが、担当したドイツ人弁護士は、オッフェンバッハ市とオッフェンバッハ郡を取り違えてしまい、結局何の役にも立ってくれなかった。

そんな時に、ドーリスたちは外国人局の役人を自宅に招き、私たちに紹介してくれたのだ。その役人はフランクフルト外国人局の人だったが、オッフェンバッハ郡について何かいい情報かヒントが得られるかもしれない、と。それが役に立ったかどうかわからないが、ドーリスたちの配慮はありがたかった。

昼間雪が降ったあとの晩だった。夕食後の歓談のあと、客はドーリスたちに別れを告げ、少し離れた所に停めた車まで歩いた。

弘一はいつものように食後寝てしまい、無理に起こされて歩き出していた。かなりの千鳥足である。雪道ですべらないか、と私は心配だったが、幼い吉正の足元の方が気になったので、弘一を見捨てて、子供の方に集中していた。

すると、背後でドン！ という音が。弘一が街灯にぶつかったのだ。でも、何事もなかったように、また歩き出した。外国人局の人が、よしに、「パパが酔っ払って、ぶつかったね」と笑いながら言うと、よしは黙ってうなずいた。

食後の眠りと雪については、数年さかのぼってのシュトゥットガルトでの思い出がある。一九七八年から七九年にかけて、ドイツは大寒波に見舞われた。元々は冬が寒く、雪の降る土地だったが、七〇年代からは暖冬が続いていた。七三年から七五年までの留学生活と、七八年から九二年までの職業（家庭）生活の間で、私が本格的なドイツの冬を体験できたのは、五、六回にすぎない。

寒いときは、夜中に気温マイナス二十度以下、日中でもマイナス八度ぐらいになる。私たちの新婚の住まいには小さいバルコニーがあり、そこにビール瓶の入った箱を出しておいたのだが、ある朝、凍ったビールがびんを破ってしまっていた。液体は凍ると体積が増えることを、すっかり忘れていた私たちだった。

外に出れば、道はかちかちに凍っている。二人で歩き出し、「お妙、気をつけろよ！」と言ったとたんに足をすべらし、こてんとひっくり返った弘一。

フランクフルト郊外に住んでいたヒデは、犬が長い坂道を滑り落ちて行くのを見たという。

大晦日に私たちはJの住まいに呼ばれていた。ドイツでは、クリスマスをひと月もかけて祝い、大晦日も大事にする。しかし、正月はないに等しく、元旦だけ祝日で、二日からは普通の生活に戻る。

Jは、私たちより十歳ぐらい年上の保険屋で、弘一作品を高く評価してくれていた。シュトゥットガルトの高台にある住まいには、弘一の大きい作品があった。シュトゥットガルトは盆地にあるが、高い所にある家ほど高級とのことだ。

私たちが到着したのは、夜の十一時を過ぎていた。Jの住まいの窓辺に、大勢の客が立っていた。男性は蝶ネクタイ、女性はイヴニング・ドレスで、シャンパン・グラスを手にしている。映画で見る上流社会のパーティーのようだ。

Jは、皆に私たちを紹介してくれたが、その頃二人ともとても疲れてしまっていた。昼間、何人かとどこかへ遊びに行った帰りだったのだ。

　弘一はシャンパンを飲むと、すぐにベッドに転がり込んだ。Jの住まいは高級だが、寝室と居間しかなく、それがひと続きになっていて、それぞれの大きな窓に客人が群がっていた。当然、振り返ればすぐのところに日本人画家が寝ている、という構図。

　十二時近くなり、お客たちははしゃぎだした。新年到着と同時に、眼下の町からは花火があがるのだ。市民があげる、大小のいろとりどりの花火は、見事というよりかわいらしい感じ。

　その頃私も猛烈に眠くなってしまった。そして、弘一の隣に入り、一緒に寝てしまったのである。

　私たちが目を覚ましたのは二時ごろだったか。しんと静まり返った中で、Jと奥様がソファーとマットレスの上で寝ようとしていた。むっくり起き上がった弘一に、Jが「寝ろ！」と命じると、弘一は、「今までよく寝た。もう寝れない」と逆らった。二人はしばらく言い合っていたが、Jが根負けし、私たちは家に帰ることになった。

　外に出ると、雪がどんどん降っていた。Jの家からうちまで三十分ぐらいかかる。坂だらけで有名なシュトゥットガルトである。いくつも続く階段を、すべらないように降りるのに苦労した。階段のない斜面もあり、一歩ごとにズズーっと雪の上を滑り落ちた。こわかったが、キラキラと輝く雪の清らかさはたとえようもなかった。

なんとか帰宅し、乾麺で年越しソバをつくった。そして、日本へ電話した。あの頃は、国際電話がとても高かったので、つましい私たちは、年に一回だけ両親に電話した。弘一との異国での生活に前向きな私だったが、母の声を聞くと涙が出たものである。

ビールでぐっすり

注1　国際芸術協会は、ユネスコとの公式パートナーシップを結び、視覚芸術における絵画、彫刻、版画家、アーティストの分野に本質的に属するアーティストで構成されるＮＧＯ（非政府組織）。同協会ホームページより

六　弘一の手紙(二)

妙子他へ

レオンベルク個展　1979年

一九七八年二月十七日
最愛の妻へ
今日履歴書その他を受け取った。前回の俺の手紙を受け取る前に出したのであろう？　仕事の場所がミュンヘンというのは誤解で、ベルリンでもよいのだろうか？　（妙子注　私が弘一と結婚するための職探しで、ミュンヘンの日本領事館という話があった。）今晩か明日にでも君に電話することにしよう。その時の状態を見て、君からの書類をベルリンに送ることにする。
それから、ヴァレンタインのチョコレートをありがとう。秀至にはやらずに一人で全部食べた。
俺の展示の写真は、何枚か現像して、こちらにも送ってほしい。また、その中には、シュトゥットガルトの住まいとそのまわりの写真も入っているはずです。両親にも持って行ってあげてください。
弘一

一九七八年二月二十一日

妙子へ

前略

今朝ベルリンのK氏という人から電話があり、履歴書が着いたということです。仕事の内容は、新聞などの翻訳が主で、その他客の接待もあるとのこと。月収は、彼の想像で正確ではないが、約二千マルク（二十万円）前後とのこと。午前九時から午後五時まで。今までにドイツでの留学生を何人か試験したが、だめだということ。フライブルクの学生が今週中にテストを受けるということです。

君がもしやる気のある場合でも、今までの学校関係の仕事と違い、官職ということで、彼の方はそのへんのところを強調して、退屈であろうと同時に無理な仕事もあるのではないかと言っていた。結局領事館の方では、応募者を順にテストしていくことになるので、ひょっとすると君が来た時点で決まっている可能性もあるということ。あまり期待せず、一応渡独の際は連絡するようにとのことです。正式な外務省の職員ではなく、現地採用職員としての扱いだそうです。また、決まった場合は、できるだけ長くいてほしいと。小生からは、二、三年と言っておいたが……。この手紙を出した後君に電話するが、君の方からもしてみてほしい。

Nから手紙があり、シュトゥットガルトに来るとのこと。一応、彼の住む所とアカデミーでの陶芸、エッチング工房の制作が可能か打診、多分可能と思う。所持金二千マルク（二十万円）というと、二、三か月の滞在になると思うが、彼は夢見がちな人だから一応、それらのことを伝えてほしい。小生にとっても、彼がシュトゥットガルトに来て一緒に生活できるのは最高のこと。彼と君をフランクフルトに迎えに行くのを楽しみにしている。

弘一

（妙子注　結局、ベルリンは遠すぎたので、領事館の話は見送った。三月始めに私が渡独する頃、シュトゥットガルトの独日協会を通して、シュトゥットガルト近郊で働き口が見つかったこともある。弘一と住んでいた秀至が、新婚早々別居するのは良くない、とベルリンの話に反対してくれたことが今でも忘れられない。肝心の弘一は、新婚生活を始めるのにわざわざ日本から友人を一人よぶようなところがあった。元々の人生設計に結婚という文字がなかったためで、私たちの小さなアパートは、何か月か学生寮のような雰囲気だった。）

一九八八年九月

海上雅臣様

前略

カタログ（作品集）の前文であるクラウス・シュタウト氏（オッフェンバッハ）造形大学教授の解説（八章参照）から、後半の一九八五年ごろからの作品に対する解釈（説）の翻訳を送ります。重複された内容は、ドイツ語と日本語の言語的な差もありますので、主要部分を短縮して頂いて結構です。

とにかく作品を言語を通して整理するということの大変さにあらためて驚いています。言語という、普通私の使っていないメディアで自分の作品を確認するということは、絵画思考の整理という意味では、体系的にまたは批判的に大きな利点がありますが、反面ことばがイメージをしばってくる部分もあります。でも、今度のシュトゥットガルトと東京での個展は、それらのことを改めて考えるよい機会と思えます。

クラウス・シュタウト氏は、私にとってもとても大事な人で、彼がこの前文を書いてくれたことで、色々な意味で大いに助かっています。フランクフルト地方では構成主義的作家のボス的存在で、これからも友人として先導者として学ぶことの多い人で、Aachen の教授の件も彼のアイディアでした。

とにかく筆の進みの遅れがちな私ですが、この訳文が役に立ってくれることを祈りつつ、次の連絡まで筆を置きます。どうぞよろしく。

那須弘一

二〇〇〇年三月　「羅針盤」での個展案内文

一九九〇年春のウナックサロンでの第四回個展後、十年ぶりの日本での発表です。ドイツ・日本間での生活の変化は色々ありましたが、線を使った平面でのコンポジションの追及は持続しています。紙の材質にポイントを置いた、水彩や墨の作品また金属板を用いた作品約二十五点の展示です。

那須弘一

二〇〇一年一月八日

寒中お見舞い申し上げます。

新世紀始めのグループ展のご案内です。

故山川輝夫教授のご家族のご紹介でSPICA-MUSEUMを知りました。長いドイツ滞在後、日本の空間の中で自分の作品を置いてみたい場所をなかなか見つけられずにいました。ドイツのBauhaus的建築の簡潔さを感じさせるこの空間に入った時に、ぜひここで自分の作品を一度確かめてみたく思いました。自然光のやわらかさもその魅力の一つです。

私は今、四月九日～二十日羅針盤での第二回個展に向けて制作中です。ちょっと新しい試みがありますが、それが一つの新しい可能性につながるか、楽しみにしていて下さい。

スピカ入り口

そして、今年も五月一日から半年間ドイツに制作・発表の場を移します。

フランクフルトでの五年前からの私の作品を扱う画廊Japan Artとの共同作業の一部として、かれらのホームページをよりよいものにするということもあります（www.japan-art.com）。

昨年は個人的な理由でドイツでの滞在が二回に分割され、期間も短いものでした。今年は、たっぷりとドイツの空気を吸い込んできます。

皆様にとっても、実り多い新世紀、健やかで幸せな都市でありますように。

那須弘一

（妙子注　SPICA-MUSEUMは、二〇〇〇年から十年間青山にあった画廊で、建築士の西嶋夫妻がオーナーだった。お二人は、東金の那須弘一美術館の設計をしてくださった。弘一作品のよき理解者によって、最高の展示スペースが誕生した。）

二〇〇二年二月

春の来るのが少しずつ確かめられる今日この頃です。関西にて私の最初の個展へのご案内です。

昨年九月八日九日と、フランクフルトにて個展（Japan Artでの四年ぶり二回目）のオープニングがありました。Saison StaARTという町の文化企画と合流し、約三十の画廊が夏の休暇の後、いっせいに美術の秋をスタートさせる催しです。画廊間を回るバスも町が用意し、多くの市民が美術を楽しめるようにして、フランクフルトの新しい伝統になりつ

スピカ個展　2006年

つあります。
多くの人々が画廊を訪れ、混雑のためゆっくり見られないので再来を希望して、二日間の長いオープニングが過ぎました。展示準備を終えた後、画廊主のミュラー氏と会場を回り、作品のこの四年間の進展と私の中で確かになりつつあるものを実感し、彼も私の作品への評価を深め、私にもそれが伝わって、充実したスタートが切れました。

九月十一日　アメリカ同時テロ発生
都市として、ドイツで一番ニューヨークに似た機能を持つフランクフルトではショックも大きく、銀行街は非常警戒態勢をとり、その後催されたモーターショーやブックフェアーも祝いのセレモニーも、すべて静まり返ってしまいました。（妙子注　弘一文は、ここで中断され、彼が続きを書くことはなかった。シーズン・オープニングが大成功だっただけに、その直後の不幸な大事件がもたらした落胆は大きかったのだ。そして、実際に発送されたのは、以下の案内文である。）

私たちが九二年の三月に帰国し、その五年後九十九里浜近くに移り、早くも六回目の春を迎えようとしています。

今日は、私の関西での初の個展のご案内です。同封の案内状にあるように、二週間の中日、二十四日にオープニングパーティーを行いますが、その日は私と妻妙子が昼頃から画廊にいます。日頃ご無沙汰している皆様とゆっくり再会を楽しめれば幸いです。

那須弘一

二〇〇二年七月十二日

親愛なるクラウス

元気ですか？　奥さんも？　僕は、あまり元気ではありません。本当は、今頃はとっくにドイツに戻っていたかったのですが。

Japan Art　ミュラー氏と

六月中旬にうちのホームドクターが僕の食道にガンを見つけました。十六日前から千葉の大学病院に入院して、様々な検査を受けました。食道の手術を受ける前に放射線と抗がん剤の治療をします。いつ退院できるのか、全くわかりません。

君のハーナウ・プロジェクトについて君が僕のことを考えてくれたことが大変誇らしく、とても感謝します。準備のためにこの夏一緒に展示スペースを見て、写真を用意するつもりでしたね。僕がすぐにはフランクフルトに行けないので、Japan Art のミュラー氏にいくらか代理してもらってもいいでしょうか。彼は、私の過去三十年の作品を三百から四百点管理しています。

でも、僕がいないことで手間がかかってしまうのなら、僕の代わりに他のだれかを選んでくれてもかまいません。

いずれにしても君のプロジェクトがうまく実現することを期待します。成功を祈ります。どうぞご夫妻ともお元気でお過ごしください。

敬具

那須弘一

追伸　君が僕と早く文通したければ、妻にメイルを送ってください。

（妙子のメイルアドレス）

七　画家らしさ

フランクフルト文化局が無料提供してくれたアトリエとそこでのパーティ

二十五年間画家に連れ添ったが、彼はほとんどの場合、やさしく楽しい伴侶であり、いわゆる「芸術家らしさ」に悩まされることはなかった。ドイツで弘一に会うまで、私の知り合いに画家はいなかったので、世間一般の思い込み「画家は好色で気まぐれ、自分勝手」というような固定観念にとらわれていた。

彼と一緒になり、その「まともさ」は新鮮な発見だった。アトリエはどこに行っても自宅の中にあり、弘一はしょっちゅう制作していたが、それと同じぐらいの時間を家族と共に過ごしてくれた。生活空間から切り離された仕事場が望ましいのは当然だったが、住まいの一部をアトリエにすれば、節約できた。

私が日本の大学で教えるようになってからは、経済的余裕ができたので、茨城の実家に建て増しをして、とても素敵なアトリエ（その一部は私の書斎）をつくった。しかし、職場から遠すぎるということで、東金に引っ越してからは、居間の片隅をアトリエにした。仕事をするには狭いし、あまりにも生活空間に密着しているので、どこかにアトリエを見つけたら、とすすめた。

でも、弘一は「家族と一緒がいい。料理しながら制作もできる」と。その頃は、ほぼ毎年五月から十月にかけてドイツに帰り、フランクフルト市が提供してくれた巨大なアトリ

東金自宅アトリエ

エを使わせてもらったり、友人が見つけてくれた工房を借りたりしていた。そこも、アトリエとしては十分な広さがあった。

　ドイツで贅沢しているのだから、日本では節約したい、という考えで自宅で制作し続けたのだが、それにはさらに大きな利点があった。自宅では、四六時中制作中の作品を見ることができるのだ。

　弘一とシュトゥットガルトの学生寮で隣人同士になった頃、時々お互いの部屋を訪れた。ベッドとテーブル、いすがあるだけの狭い部屋で、弘一は自分の作品を数点壁にかけていた。私は、画家はなんて自己愛が強いのか。自作をながめてご満悦なんて、と思った。しかし、彼と一緒に暮らすようになってからわかったのは、画家は自分の作品を見る必要があるのだということ。完成した、あるいは完成途上の画を見ながら、次にすべきことを考えているのだ。

弘一が日本ではっきりとは学べず、ドイツの恩師に学んだことに、「今日制作を中断しても、明日はそこからまた始められる」がある。今日の上に明日を築くという論理的思考である。

私たちの息子には、漫画家と俳優の才能があると私は思っている。後者は、大学でのドイツ語劇で演技する彼を見て、こんな才能があったのかと驚いた。前者の漫画は、吉がものごころついてすぐに夢中になった活動である。紙と鉛筆を渡すと、何時間でも没頭して、漫画を描いた。アトリエで画を描く父親のわきで、幼児用の机に向かい、一心不乱に描くこともあった。

母親の本能で、私は息子は漫画家か俳優になれる、と思い、今でもそう思っている。弘一が亡くなった後、大学を卒業した吉に、「漫画家か俳優になれば？　私が支援するわよ」と言ったのだが、彼は、「どっちも才能のある人たちが山ほどいて、食べていけるのはほんの一握りだ。僕は、漫画も演劇も趣味ではするけれど、本業にはしないよ。」と。

そして、これも私の勧めで通訳ガイドになり、ドイツからの観光客を案内し、喜ばれた。

私は息子のガイドぶりを見たことはないが、ドイツ語で上手に日本の観光案内をしている様子がありありと想像できる。

幼い吉がたくさん漫画を描くので、どんどん段ボール箱に入れた。彼は時々自分の過去の作品を見たがり、その度に弘一と私は段ボール箱を引っ張り出した。今思えば、創作者が自分の作品をながめ、次に進む糧にしていたのだ。その段ボール箱の大部分を、帰国する時に破棄してしまった。弘一の作品は船便で家財道具と送ったのに。もっとも、吉には二、三箱に一番大事な漫画だけ入れて送ってもよいと許したのだが。その話を聞いた、弘一の画家仲間は、「なんてもったいない！　捨てたものは二度と手に入らないよ」と嘆いた。肝心の吉は、おとなしく言うことを聞いてくれて、作品を捨てられたことを気にしていない。

そういえば、私も何ヶ月に一回ぐらい、自分の書いた文を部分的に読み返す。弘一の絵画や吉の漫画ほど独創性はないが、一応創作活動である。過去に書いた文を読むと、新しい文案が浮かぶことがあるのだ。

弘一は、エレクトロニクスに抵抗していた。自分の絵画は、直接対峙して味わってほしい、ＰＣやインターネットでは、"Gefühl mit Fingerspitzen"（指先の感覚）が伝わらないと。吉がファミコンで遊ぶのも、私がネットショップで買い物するのも嫌がった。それなのに、フランクフルトの画廊がホームページに弘一作品を載せたのは、むしろ喜んでいたから、勝手なものである。めずらしく自分でHPを開こうとした。私がマウスの使い方をおしえたが、手がぶるぶるして、うまくできない。色々な道具を器用に使いこなす人なのに、電子系の物とは相性が悪かった。私にとって、エレクトロニクスが使えない芸術家は、いかにも芸術家らしい。

弘一の画家らしさは、次のような言葉にも表れた。テーブルのコップについて、「日本では輪郭がぼやけるが、ドイツでははっきり見える。」私には同じように見えるので、驚いた。そんな凡人の私だが、日本とドイツでは自分のまわりを漂う空気が違うというのはいつも感じることだ。

さて、那須家には二人の画家が生まれた。弘一と秀至は、抽象画家になり、ドイツの美大を出て、何十年もドイツで制作、発表した。そして、二人ともドイツで評価されている。どんな家庭で育ったのか？　とよく人は聞く。義父は国鉄の技師で、芸術には無関心だった。その父は四十代で登山の際盲腸炎になり、命を落としたそうだが、この人が芸術を愛好していたそうだ。

それよりも、二人の母、モト子こそ兄弟に影響を与えたのではないかと思う。義母は、和裁洋裁の学校で本職の技術を見につけた。それから七十年、ミシンを踏み続けた。それでお金を稼ぐことはなかったが、親しい人たちのために無数の服、帽子を作り、とても喜ばれた。細部に至るまで実に細やかで、美的感覚が鋭い。

牛久にアトリエができた頃は、ガラス戸一枚を隔てて、長男が絵を描き、母親はミシンを踏んでいた。義母は、日中の八時間をきっちりと裁縫にあてていた。一人で住んでいた頃は、昼食はパンなどで簡単に済ませていたが、弘一がいる時は、彼がラーメンなどの麺類をつくってあげていた。

ガラス戸のこちらでかたかたとミシンを踏む義母、向こう側で和紙に刷毛をあてる夫を見て、似ている、と思った。手作業に魂をこめている姿だ。文明がどんなに進もうとも、手仕事に勝るものはない。

書斎からの窓
①
一番高い所で4m30程度
吹ヌケの所
この辺にクーラーが入る予定
お袋が早速裁断用に使用、この板の上にカッティングマット（2m×1m）がのっかる。
この仕事机は私の設計 あまりがっちりしすぎて上部の作業台も二人でないと持てない、私一人でかろうじて、ゆかを移動する事が出来る。
'93 4 13

牛久自宅アトリエ
（最上段、妙子の書斎からの窓）

八　シュタウト元教授の弘一論

線の移行　那須弘一の新作

シュタウト元教授

一九八五年頃の直角に近い線のコンポジションは、大部分が白と黒のモノクロームの色領域により構成されているが、それ等に平行して、オーカー、黄線のとても繊細なパステル調の色彩で見る者をひきつける。

色彩を控えていることで、面と線が全体構成の主要部分になっている。ここまでくると、観察者には作家の表現要素がはっきりする。表現要素とは「技巧」の事で、ストラクチャーとマティエール、すなわち作品制作全てに関わることを指す。

那須弘一は、コットンを張り、地塗りした上で、木繊維を多く含んだ和紙を貼ったりする。これ等の紙がアクリルメディウムに浸されると、透明感のある表面となり立体的効果をもたらす。紙のマティエールと一枚一枚重ねてゆく方法は、目で確かめられる。日本で漂白され、機械で造られた紙が、アクリルメディウムを使うと、乾いた時にガラスの様な透明感を持つ。そして、材質の色に、透明度のある光る力が生れる。

那須の作業方法は極度に繊細で、その綿密さと忍耐強さには感嘆させられる。見る者がじっくりと観察すれば、こうした作業行程は地塗りの面まで確認する事が出来る。おおいかくされたりヴェールに包まれたりする物は一切ない。この事は面の処理だけでなく、線の描き方にしても同じ説得力を持つ。

那須の線の最終的な描出は、それまでの幾度かの作業がなされてはじめて実現され、そして線の主張がはっきりする。最初に、地塗りされたコットン地に彼は線を引き、その上に紙を張る。そして透明なメディウムを塗り込んで、又線を掘りおこす。この作業は、彼が望んだ構成がつかめる迄続く。その最後に最も重要な線に切り込みを入れ、グラフィットでなぞり強調する。

これ等の方法により、さまざまな透明感をもつレリーフ状の線の構成が生れる。この様に取扱われた「みぞ」は、それにより生れるポジティブの面と対照をなして、常にネガティブである。線は、額のない、そして複雑な工程を感じさせる画面の終りまで走る。

那須は「線の深さにはそれ程関心がない。自分は彫刻家ではなく常に画家であったから」と主張する。確かにその事は、線の立体性にもかかわらず、コンポジションが常に面に戻るこうした作品に感じられる。

立体的性格は当然否定できない。結局線は重なり合っているし、白を使えば明らかに光と影の境が生れるからだ。それによって、視覚上の錯覚と色面の二面性がひきおこされ、作品を現実と効果の一定の相互関係の意味で、くりかえし変化させる。

那須の最新作は壁オブジェだ。これは木片と紙面で合成されたオブジェから成る。木片は線がそこにきざみこまれ、木片に張りつけられた紙は平面を実現する。

モノクロームから色（材料の）のついた木片の形は、絵画における掘りおこされた線にあたる。強さ、長さ、形はさまざまだ。壁への取りつけも特に固定されていない。那須は自由にかまえていて、意識的にその時々に応じて美的に決定をする。レリーフが周囲の建築物、特に背後の壁の大きさにセンシブルに反応しているため、この影響は納得しやすい。更に那須は、オブジェの本質的要素である線を壁の上につけ加えてゆく。

この新しい一歩は驚きである。那須はこの事により、伝統的な絵の形態から急進的に解放される。絵画平面はそのまま壁平面となる。線と面はまさにあるがままの線と面であり、それ以外の何物でもない。線の壁への移行は、時折り線が黒である場合区別しにくい。このことにより「絵全体が見通せない」独特の魅力が出て来る。透明感のある面は時には半透明にもみえ、又、色彩に浸された様に描かれた色面にも見える。

芸術は常に伝統の上にあり、芸術上の実験にはその歴史的ルーツがある。芸術はユートピアである。新しさを求める中に古さの真実性が証明される。

芸術的な問題は多くの解決を求める。一つの美の実現が他のそれをもたらすのが普通である。アルバースはかって彼の方形信奉について、自分は更にヴァリエーションを試みな

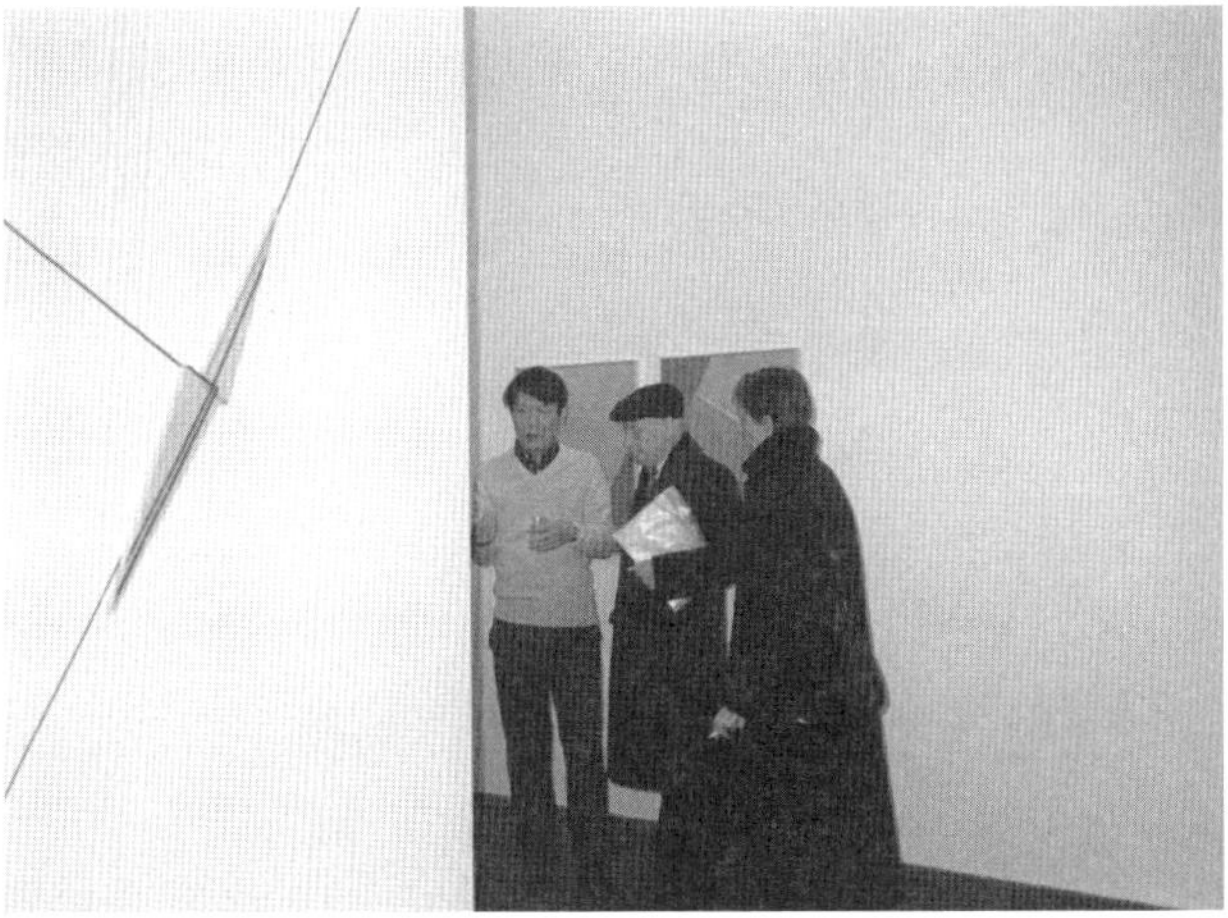

美術評論家と　シュトゥットガルト個展　1988年

ければならないと言った。
那須弘一の芸術は新しい発見の探索であるが、ヴァリエーションを忘れる事もない。
芸術は常に冒険である。

一九八八年九月

クラウス シュタウト
Klaus Staudt
オッフェンバッハ造形大学教授

九　負け犬のいとおしさ

ドイツ芸術家協会展　1979年　ハノーファー

女性が男性に惹かれるのは、たくましいから、強いからばかりではないような気がする。むしろ、その弱さがいとおしいのではないか？　勿論、人間として尊敬できることが大前提で、ダメ男を弱さゆえに愛するというのではない。

弘一がいとおしくてならなかったのは、一九七八年の初冬のことだった。ドイツ芸術家協会が毎年開催している展示会に応募して、落選したのだ。この権威ある展覧会には、会員とその推薦する画家が応募できることになっていて、会員（役員）だったドライヤー教授が弘一と級友一人を推薦してくださった。

それがわかった日、弘一は上機嫌で帰って来た。「ドライヤーが、俺たちに『君たちだから、きっと選ばれると思うけれど、万が一落選しても、ネッカー河に身投げなどしないように』だってさ！」（ネッカー河は、ライン河の支流で、ドイツ南西部、シュトゥットガルトの中を流れている。）

外国人旅行者としての風来坊から、アカデミーに入学、ドイツ人の中でもまれ、歯をくいしばって競争に勝ち抜いてきたのだ。アカデミーでの勉強・制作の集大成として、学内のコンクールに入賞した。そして、ドイツでの他流試合がとうとう始まったのだ。

弘一は、自分の作品に少なからず自信があったし、ドライヤー教授の後押しがあるから、きっと入選すると思っていたのだ。それが、落ちた。私は、その知らせを勤務後、夕方に彼から聞いた。ちょうど私の大大恩師の山村先生がテュービンゲン大学でのサヴァティカルを終えて帰国される日だった。二人は、中央駅で待ち合わせた。そこで残念な知らせを聞いた。でも、弘一は明るく笑っていた。「今回が初めてだから、すぐには無理だ。来年を期待するよ。」中央駅にお着きになった先生を二人で地下鉄に導き、そこで弘一とは別れた。振り返ると、がっくりうなだれて歩く姿。ああ、やっぱり落胆しているのだ。当たり前だ。あんなに喜んでいたのに、落ちたなんて。

先生を空港までお連れした後、私は家には帰らずにコンサートホールへ直行した。同僚がピエール・ランパルのコンサートに誘ってくれていたのだ。世界で屈指のフルート奏者の演奏は期待以上に素晴らしく、大勢の聴衆とともに私たちを陶酔させた。第一級の演奏会の合間に何度か弘一のことを考えた。どんなに落胆していることか。

帰宅すると、弘一は皮のコートのまま、ソファーにあおむけになって寝ていた。テーブルの上には、ウィスキーのびんとグラス。寒いのに、ストーブもつけずに寝込んでしまっていた。ああ、しまった！　コンサートなんかに行かずに、ずっと一緒にいてあげればよかった。幸いにも風邪はひかなかったが、一人で飲んだくれていた夫を思うと、胸が痛ん

ドイツ芸術家協会展　1997年ニュルンベルク

だ。

翌年もドライヤー教授の推薦でドイツ芸術家協会の展覧会（Hannover《ハノーファー》）に応募し、今度は入選した。それからは毎年入選し、一九八五年には会員にもなれた。会員になれば、必ず入選できた。展覧会は毎年違う都市で開かれたため、私たちは小旅行を兼ねて弘一作品が展示されているのを確かめに行ったものである。

帰国の翌年（一九九三年）、私は単身赴任していた大学の宿舎のテレビで「ドーハの悲劇」を見た。すんでのところでワールドカップ出場権を逃がした日本のナショナルチーム。一人一人の落胆と衝撃の表情に胸をえぐられた。でも、なんて素敵な男性たちだろう！全身全霊で自分たちの使命を果たそうとして、敗れた。ドイツ芸術家協会の展覧会に落選した時の弘一と同じ。

「私は、勝ち誇った男性より負けて悲しんでいる男性の方が好き」と、ドイツ語の一番弟子の大野さんに言うと、「母性愛ですか？」と笑われてしまった。母性愛も、たしかにある。でも、それだけではない。素敵な男性の魅力は、勝ち誇った姿にではなく、負けてうなだれている姿にこそ出るのではないか。

十

ナス通信（一）（注1）

第一回東京個展から一年

一九八四年二月

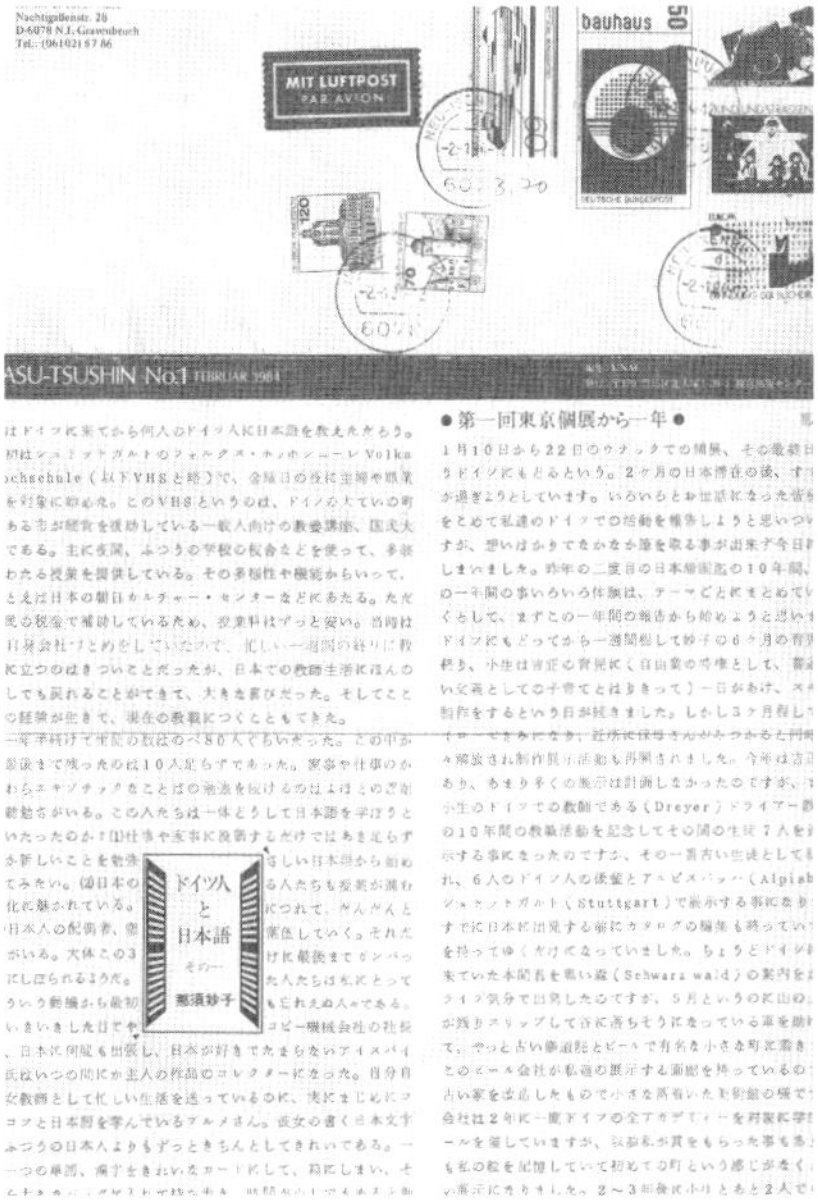

那須弘一

一月十日から二十二日までのウナックでの個展、その最終日にはもうドイツに戻りました。二か月の日本滞在の後、すでに一年が過ぎようとしています。色々とお世話になった皆様に御礼をこめて私たちのドイツでの活動を報告しようと思いついたのですが、想いばかりでなかなか筆を取ることができず今日に至ってしまいました。昨年の二度目の日本帰国までの十年間、その後の一年間の色々な体験は、テーマごとにまとめていずれ書くとして、まずこの一年間の報告から始めようと思います。

ドイツに戻ってから一週間ほどして妙子の六か月の育児休暇も終わり、小生は吉正の育児に（自由業の特権として、普通できない父親としての子育てとはりきって）一日があけ、スキをみて制作をするという日が続きました。しかし、三か月ほどして育児ノイローゼ気味になり、近所に保母さんが見つかると同時に、少々解放され制作展示活動も再開しました。

今年は吉正のこともあり、あまり多くの展示は計画しなかったのですが、まずは、小生のドイツでの教師であるDreyer教授が過去十年間の教職活動を記念して、その間の生徒七人を選んで展示することになり、その一番古い生徒として私が選ばれたのです。六人のドイツ人の後輩と、Alpirsbach《アルピアスバッハ》とシュトゥットガルトで展示することになりました。すでに日本に出発する前にカタログの編集も終わっていて、作品を持って行くだけになっていました。

ちょうどドイツに遊びに来ていた本間君を黒い森（Schwarzwald）の案内をかねて、ドライブ気分で出発しました。五月というのに山の上には雪が残り、スリップして谷に落ちそうになっている車を助けたりして、やっと古い修道院とビールで有名な小さな町に着きました。

このビール会社が私たちの展示する画廊を持っているのですが、古い家を改造したもので、小さな落ち着いた美術館のようです。この会社は、二年に一度ドイツの全アカデミーを対象に学生コンクールを催していますが、以前私が賞をもらったこともあり、社長も私の画を記憶していて、初めての町という感じがなく、とてもよい展示になりました。二～三年後に小生とあと二人でもう一度やろうということを決めました。この展示は、各自出品数を減らし、そのままシュトゥットガルトの市立画廊に移され、六月にオープニングがありました。落ち着いたよい空間で、私の第二の故郷に錦を飾ったことになります。

この二つの展示に併行して、フライブルクという、スイスとフランスの国境に近い南ドイツの町の画廊から、イタリアにいる日本人彫刻家との二人展の話が進んで、六月上旬から四週間展示することになりました。この画廊主は、作家であると同時に教師としても活躍し、一時はハンス・アルプなどと具体美術にも参加していました。ルネ・アハトというスイス人で、彼はすでに芸術財団のグループ展の際私の作品を買っており、初めて会った時からよい感じでうちとけ、二人展の話もスムーズに進みました。

一緒に展示するのは北島一夫氏といい、カララという大理石で有名な町で十年も制作をすすめている人です。彼のことばに甘え、七月末に三人でカララに行くことになりました。今年のヨーロッパは百年ぶりの暑さ、私たちがカララの近くのルッカやピサを回っている時、フィレンツェでは四十五度を記録したとのことです。一週間ほどカララの海で遊び、妙子の友人の両親が持っているスイスの別荘に一泊し、ミュンヘンの坂口さん（画家夫妻で、吉とほぼ同じ時期に男児が誕生していた）宅にも寄りました。

さて、今年のヨーロッパは百年ぶりの暑さ、例により日本からの色々な訪問がありましたが、ドイツのさわやかな夏を味わってもらえませんでした。でも、今年のワインは太陽に恵まれ美味しいものができるということです。

九月になると弟秀至（フランクフルトの美術大学在学中）が、結婚式のため一時帰国します。私はシュトゥットガルト近郊のSindelfingen《ズインデルフィンゲン》での三人展の準備があり、毎日が矢のように過ぎていきます。うれしい報告として、ドイツ芸術家協会へ五年連続入選しました。今年は十一月十九日から一月八日までベルリンのナショナルガレリーとマルティン・グロピウスバウという二つの会場を使った展示です。六年前初出品したのが、やはりベルリンで、その時は最終選考で落とされたので、また特別な気持ちです。

先日は、そんな忙しいところに今までのツキおとしともいうべき事故がありました。Bochum《ボッフム》という町の、とある画廊（喫茶店を兼ねた）から展覧会をしたいという申し出があり、同じ建物の中にある銀行と協賛でということなので、詳しいことを話し合うため、約二五〇㎞の道のりを車で出かけました。アウトバーンを時速百四〇㎞ぐらいで気持ちよく走っていると、突然車中大きな音がして、車は白い煙に包まれました。同行したドイツ人の友人は顔面蒼白になり、車を停めてみると、下から水とオイルが流れ出し、どうなることかと思いました。二人ともけがなく事はすんだのですが、大きな出費と、その後の事故処理に時が過ぎ、やっと落ち着いたところです。

ドイツに来てからこの十一年間色々と苦労しましたが、そのすべての努力がむくわれ、また色々と幸運に恵まれたので、その分神様が厄落としをしたのでしょう。そう考えるとあのような突然の出来事でけがもなく済んだのは幸運としか思えません。結局は、Bochum での話は断りました。個展の申し出を断ったのは初めてですが、今はそうして本当によかったと思います。色々な理由があってそうしたのですが、ドイツ人で画家として活躍している友人が、„Ich kann Nein sagen."（私はノーと言える！）と自信をもっていっていましたが、その大事さをあらためて知らされました。Ja と Nein のはっきりした社会、その良し悪しはありますが、自己の主張をはっきりさせ、その組み合わせで社会が成り立っているようなドイツでそのことばの重みが再確認されました。ちなみに小生の息子が最初に覚えた言葉の一つが Nein! です。

人物紹介一

我が家では、海上氏を台風にたとえています。彼は、季節に関係なく突然上陸、その滞在中は嵐のごとく我々の思想生活をおびやかします。その話のテンポの速さ、題材の豊かさと独創性に、ドイツのリズムで制作思考している我々はよく引っ掻き回されます。ドイツと日本、色々なところで比較されますが、日本とは根本的に違う思想形態の中で生活しているど、日本でのリズムを失いつつあります。

そんな我々に日本からの新鮮な風を短期間で送り込む海上氏は、まさに思考の台風といえるでしょう。今回は、トーマス・バイルレと私の所に上陸、大いに我々の頭脳を洗って行ってくれました。そして、次の上陸地Parisに発ってゆきました。今、台風一過のさわやかな気持ちでこの文を書いています。次の海上台風の上陸を楽しみにしつつ……（一九八三年六月二十四日）

二人展の話もスムーズに進みました。一緒に展示するのは北島一夫氏といいカララという大理石で有名な町で、10年も制作をすすめている人です。今年は、彼の言葉にあまえ、7月末三人で、カララに行く事になりました。今年のヨーロッパは百年ぶりの暑さ、フィレンツェでは小生等がカララの近くの町（ルッカやピサ）を回っている時45℃を記録したとの事です。一週間程、カララの海で遊び、友人の持っているスイスの別荘とMünchenミュンヘンの友人を訪ね帰ってきました。

さて今年のヨーロッパは百年ぶりの暑さ、例により日本からのいろいろな訪問がありましたが、ドイツのさわやかな夏を味わってもらえませんでした。でも今年のワインは太陽にめぐまれおいしいものが出来るという事です。9月になると弟秀至が、（フランクフルトの美術大学在学中）日本に結婚式の為一時帰国したり私のシンデルフィンゲン（Sindelfingen）という町（シュトゥットガルト近郊）での三人展の準備などで毎日が、矢の様に過ぎてゆきます。その間うれしい報告として、ドイツ芸術家協会への5年連続入選の便りです。今年は11月19日から1月8日迄ベルリンのナショナルガレーとマルティン・グロピウスバウという2つの会場を使って展示です。6年前初出品の時がやはりベルリンでその時は最終選考で落されたので又特別な気持ちです。

先日はそんな忙しいところに今年のつき落しともいうべき事故がありました。ボーフム（Bochum）という町のとある画廊（喫茶店をかねた）から展覧会をしたいという申し出があり、同じ建物の中にある銀行と協賛でという事なので、詳しい事を話しあうため、約250Kmはなれた町に行ったのですが、140Kmぐらいで気持ちよく走っているアウトバーンで突然車中大きな音がして車は白いけむりにつつまれました。同行したドイツ友人は顔面そう白になり車をとめてみると下から水とオイルが流れだしどうなることかと思いました。二人ともケガなく事はすんだのですが、大きな出費と、その後の事故処理に時がすぎやっと落着いたところです。

この11年間ドイツに来てからいろいろと苦労しましたが、そのすべての努力がむくわれ、又いろいろと幸運にめぐまれたのでその分神様がやく落しをしたのでしょう。そう考えるとあの

das Kunstwerk 要訳　シャール・シュミット・リ

Seit vielen Jahren schon gehen japanische Künstler ins Ausland, nach Amerika, nach Paris, auch nach Deutschland. Doch immer wieder kehren sie mit ihren Arbeiten, wenn sie sich sozusagen selbst gefunden haben, wenigstens von Zeit zu Zeit für die Dauer einer Ausstellung nach Japan zurück. Kumi Sugai z. B. ist so zu einem regelrechten Wanderer zwischen zwei Welten geworden. Einer dieser Wanderer der jüngeren Generation ist Koichi Nasu. Er lebt in der Bundesrepublik und stellte hier schon verschiedentlich aus. Nun hat er gleich den Sprung in den Unac-Salon geschafft, der sicher eine recht gute Ausgangsposition bietet. Nasu zeigt dort seine in Deutschland gemalten Bilder: ruhige Flächen geteilt durch gebrochene Linien, der eine zweite, manchmal eine dritte und vierte, sie umspielend, resonierend Grundformen einer „Landschaft". Bilder von ausgewogener Harmonie durch die Balance der Asymmetrie.

我家では海上氏を台風にたとえています。彼は季節に関係なく突然上陸、その滞在中は嵐のごとく我々の思想生活をおびやかします。その話のテンポ又

注1　『ナス通信』は、夫婦の近況を知らせるもので、この本にはその一と二から弘一の文を載せた。妙子の文は、本シリーズの第一巻にある。発行所は、銀の鈴社の前身の教育出版センター（豊島区北大塚）。

十一　多面性

どんな人間にも多面性がある、というが、弘一はそれが特にはっきりしていた。ここに綴るのは、主に金銭にまつわる彼の矛盾した心理の一部である。

彼は、小学生の頃から絵を描くのが好きでうまかった。義父は、そんな息子を近くの絵画教室へ通わせたが、後日後悔することになった。絵がますます好きになった弘一は、高校では美術部をたちあげ、「画家になる」と宣言したのだ。堅実な鉄道技師だった義父は義母と頭を抱えてしまった。長男が、おそらく食べてはいけない職業を選んでしまったからで、親ならみな心配になるだろう。

それは両親だけでなく、親戚もそうだった。弘一がヨーロッパに行くと聞いて、叔父の一人は、「乞食になる」と言ったそうだ。東京での初めての個展と結婚披露宴で、叔母の一人は、「画家と一緒になるなんて、あなたは勇気があるね。とても考えられない」としみじみ言った。

那須家の家族五人も、大勢の親戚全体がとても仲の良い一族で、弘一はみんなに可愛がられ、慕われていた。それだけにかれらは、画家という職業選択に心配したわけで、生活力のある私と結婚したことに安堵し、心から祝ってくれた。

私たちが知り合ったころ、学生寮の気のおけない隣人同士として、お互いの部屋に行き来することが時々あった。夕食に、いつも弘一はビールを飲んでいた。ライ麦パンにフライシュ・ケーゼ（ソーセージの生地を型に詰めてオーブンで焼き上げたソーセージの仲間）ときゅうり（ドイツのは、日本のきゅうりの何倍も太く長い）の厚切りを添えたものを、私にもすすめてくれた。簡素だが美味だった。パンもソーセージもきゅうりも安い物ばかりで、今思えば、工夫して節約していたのだ。

私が帰国する時に、弘一は寮で交流のあった学生を何人か集めて、ささやかな送別会を開いてくれた。近くのデパート「Kaufhof」のレジ袋にいっぱい食料を詰めて帰ってきて、簡単に料理もしてくれた。その心遣いがとてもありがたかったが、食料品のどれも安価なもので、知恵をしぼって買い物したことがわかり、申し訳ない気持ちになってしまった。

二年半後結婚した私たちの夕食の食卓には、ドイツの伝統的「火を使わない食事」（パン、ハムのような形状のソーセージ、チーズ）が登場することはなく、和食やイタリアンの暖かい夕食ばかりだった。私の稼ぎで、食費にある程度支出できたからだ。いや、つましい那須家のエンゲル係数は高かった。

一九八七年は二人の「厄年」で、同年中に交代で四回オッフェンバッハの市立病院の外科棟に入院したことがあった。看護婦さんに、「またあんたたち！　一体どうしたの？」

と言われてしまったが。病院では、「冷たい食事」が毎晩出たが、パンもチーズもソーセージもとても美味しく、退院後「あれをうちの夕食に導入しようか。手間いらずで節約もできる」と弘一は乗り気だった。でも、数日しかもたず、やっぱり和食にしようと悲鳴をあげたのは弘一だった。

私が留学から帰国してからの二年の間に届いた弘一からの何通かの手紙の中に、「今は食べられるようになったが、シュトゥットガルトに来たばかりの頃は、食べられないこともあった。でも、食えなくても画は描き続けた」と書いてあり、胸をつかれる思いだった。ドイツに滞在するのに反対だった両親からは、ほんの少しの送金があるだけで、弘一はビール工場のバイトなどでなんとか生き延びた。弟の秀至が愛用のステレオ・デッキを売り、送金してくれたこともあったという。

そんな彼が、国費留学生の私に最初は反発を覚えたのは、当然とも言える。私以前に知り合った、日本からの国費留学生がみなうぬぼれていて、鼻持ちならない人たちだった、と私に言ったことがある。初対面の私がただ生意気な女に見えた、とも言った。弘一はスケールの大きい心の広い人だったが、自分がした苦労をしていない人たちへのコンプレックスも少なからずあったように思う。自分が入れなかった日本の美大出身の画家たちに対

1983年　披露宴の海上氏

してきびしい批判をする時には、そういう屈折した心理もあったのではないか。本人に確かめたくても、もうできないが。

アカデミーを卒業したばかりの弘一の元に嫁いだ時、母は私に現金を持たせてくれた。十万円ぐらいだったか？　私はすぐに使うだろうと、手元に置いていたのだが、弘一は、「すぐに銀行に入れないと！」と大急ぎで預金してしまった。そのあわてぶりは、尋常ではなかった。彼は銀行口座がゼロに等しくなることが多く、それをこわがってもいた。留学ビザの延長には、ある程度の金額が口座にあることが必要だったということもある。

彼のこうしたあわてぶりはその後何度か見ることになったが、特に忘れられないのが、一九八三年始めの個展・結婚披露宴の夜のことである。生後半年の子連れ披露宴の後、大塚の宿に戻った。弘一の実家は茨城の牛久にあり、子連れで帰るのが大変だったので、二か月の日本滞在のほとんどは、東京・大塚の姉一家のビルの四階に泊めてもらっていた。弘一が個展の準備をし、私が旧友たちに五年ぶりに会うには、やはり東京にいるのが便利だったのだ。

私は寝間着に着替え、吉にお乳をあげていた。横では弘一がたくさんの祝儀袋を大急ぎで開けて、いくら入っているのか確かめていた。あの時の貪るような顔が忘れられない。お金に飢えている人だ、と思った。

そのお祝儀の引き出物は、弘一作品をモティーフにして、縁を手かがりにした、絹の上等なスカーフだった。ウナック東京の海上氏の発案で、好評だった。ドイツの恩師には、「芸術作品をデザインにするな」と教えられていたが、披露宴の引き出物にした時は、例外として恩師の教えに逆らった。披露宴の後、金屏風の前に両親・仲人と立ち、客人にお別れを言いながら、スカーフを渡した。四、五人の家族で来てくれた方たちもいて、私はぼーっとしてスカーフを二枚渡そうとした。そこに、弘一のしっかりとした声。「一家に一枚！」あれは、まさに商売人の冷静さであった。馴染みのない日本式の披露宴で、すっかりあがっていた私たちであったのだが。

新婚時代に話を戻すが、弘一はアカデミー在学中同様卒業後も、シルクスクリーンの工房（キーヒラー）でたまにバイトをすることがあった。私が他にもバイトをしたら、と言うと、「今たとえばどこかの工場で三千マルク（三十万円）稼ぐよりお妙に負担かけても、制作に没頭したい。長い目で見てほしい。お金はすぐに消えるが、仕事の効果は後から出てくる。」その通りになったが、その頃の私は女として大事にされていないような気がして、不満だった。男は、愛する女性のために稼ぐもの、という固定観念からである。その観念を自らぶちやぶって、稼ぎのない画家のところに嫁いだのに。ここに、私自身の矛盾もある。（その矛盾の原因は、少女の頃の夢にあり、第十五章に詳しく書いた。）

ただ一人授かった息子を夫婦で溺愛したが、お金に関してはそうでもなかった。吉は半年で里帰りした後、九歳で本格的に帰国したが、その八年間の間に三回個展をした弘一に私と同行した。その度に、祖父母や親せきからお年玉、おこづかい、入学祝としてお金をもらった。勿論、それは吉のお金として蓄えられたのだが、なんと私たちは、彼の誕生日やクリスマスにそこからプレゼントを買ったのだ。その貯金には手をつけずに、私たちの生活費から子供へのプレゼントを買うべきなのに。

学童保育の友達と

　私自身は、そのことをすっかり忘れていて、二十年も経った頃、吉にそう聞かされて、「なんてひどい親！　吉はかわいそうに！」と言ってしまった。幸いなことに、吉はそう思わず、うちにはお金がないと、ひしひしと感じただけ、と。

　そんな吉が一度だけ、親の財布から小銭を抜いたことがあった。私たちはお金にぴーぴーしているわりに不用心で、二人とも外から帰ると、廊下の棚の上にぽんと財布を置いておいたのだ。学童保育の子供同士で飲み物をおごり合うというのが一時流行り、そのためのお金が必要だったそうだ。小銭を少し抜かれても、私たちは気がつかなかった。吉は、しばらく黙っていたのだが、苦しくなって私に打ち明けた。私は勿論許したが、「盗むなんて！」と嫌味も言ってしまった。その話を近所のEretierさんにしたら、「うち明けたとは、なんて高貴なんでしょう！」

さて、ここまでは主にお金がなくなると不安になる弘一について書いたが、彼は反面とても楽観的でもあった。私は新婚時代勤めていた在独日本企業を一年でやめてしまった。残業が多すぎたのが一番こたえたのだが、元々企業に勤めるタイプではなかった。やめた時は、市民大学で週に一回（二コマ）日本語を教えることしかなかった。五月にやめ、五か月後にフランクフルト大学で日本語講師になれたのだが、その五か月間時々不安になったのは、私で弘一ではなかった。

私が「フランクフルトがだめだったら、どうしよう？」と言うと、彼は明るく「フランクフルトがだめでも、なんとかなるよ」と、並んで座ったソファの上で私の両足を膝の上に乗せてくれた。「食えなくても、俺は描く。お妙は、したい勉強をすればいい。二人で、知識を増やそう。まずは、あと十年生きることを考えよう」

この「まずは、あと十年生きられたらいい」ということばは、何度となく聞いた。二十歳の頃からそう言っていたというから、五十五歳で亡くなっても本人は十分に長く生きたと思ったかもしれない。

私は、産後二か月でマタニティブルーになってしまった。お産が長時間で苦しかったので、肉体的苦痛に恐怖を覚えるようになってしまった。赤ちゃんはこの上もなく可愛くいとしかったが、この子もいつか痛い思いをするのではないか、と恐怖を覚えた。そして、弘一に何度も何度も、「三人で、今一緒に死にたい。いつか苦しく痛い思いをするのなら、今幸せなうちに静かにそろって死のう」と懇願した。

弘一は、その度に、「俺は、とても充実しているよ。まずは、これから十年一緒に生きていこう」と繰り返した。東京での個展も決まり、父親になり、彼が最も幸せな時期だったと思う。それなのに、ノイローゼ気味の私を一か月近くあたたかく包んでくれた。

先のことを心配するのは私だけで、弘一はその時その時を前向きに生きていた。一九九二年三月の本格的帰国の準備をしながら、私は急に不安になった。「ドイツで満足して暮らしていて、仕事も子育てもうまくいっている。それを全部放り出して日本に帰ってもいいのかしら？　先々後悔するのでは？」と言うと、弘一は、「今は、そんなこと考えるな。きっと大丈夫だ」と力強く言ってくれた。シュトゥットガルトから別れに来ていた、弟分のチェコ人のPetrも一緒に励ましてくれた。

しかし、本当は何年かごとに彼は根源的な深い悩みをかかえることがあった。社会と自分の制作との接点を模索してあがいていたのだ。いつも一緒にいるのに、すぐそばで彼が仕事をしているのに、鈍い私は気がつかなかった！　一番長く続いたスランプは、吉が三、四歳の頃で二年も彼はもがいていた。

その頃、私たちは階下のスイス人女性とその娘アンニャと仲良くしていた。Wさんは、イヴェント好きで、イースターに子供たちに変装させたり、歌をたくさんおしえてくれたりした。彼女の手ほどきでクリスマス・クッキーを親子で焼いたり、サンタクロース（秀至の友人が変装）に来てもらったり、私も一緒に伝統的なドイツのクリスマスを満喫できた。

そのWさんが、「ご主人は、人間的な悩みをかかえている」と言ったのだ。何も気がつかなかった私は、きょとんとしていた。ああ、私はなんて鈍いんだろう！　ミュンヒェン在の日本人画家の坂口さんも、弘一が悩んでいるとおしえてくれた。私が、「どうして、私はそれがわからないの？」と言うと「お妙さんが気がつかないでいるから、弘一は救われている」と言ってくれたが、私は複雑な思いだった。

たった一度だけ、弘一が私に悩みを打ち明けてくれたことがあった。「俺の悩みは、明日、今日よりもいい仕事ができるだろうか？　ということなんだ。」それは本当に違いなかったが、それがすべてとは思えなかった。

帰国して、彼の悩みは日本社会で自分の価値をなかなか認められなかったことだ。作品を見て、「これが、画?」とけげんな顔をする人たちが少なくなかった。「未完成のものばかり?」という人もいた。弘一は傷ついた。「そういうことを言われると覚悟をしていても、ぐさりとくる」と。

ドイツにもそういう人たちはいたが、弘一作品を評価してくれる人たちは日本の何倍もいた。「ドイツでは、画家も社会の一員というのが実感できるが、日本では河原乞食だ。」

私が助教授になり、私たちの経済状況はぐっと楽になった。一九九三年から二〇〇一年まで、弘一はほぼ毎年五月から十月にかけて、ドイツに滞在し、制作した。ドイツの環境、画廊、コレクターと深くかかわるために。不定期な彼の収入だけではできない贅沢だった。

十二　ドイツにおける大学教授応募体験記[注1]

一九八二年十一月初め、東京での結婚五周年と日本でのはじめての作品発表であるウナックサロンでの個展のため帰国準備で忙しい最中に、ひとつ電話がかかった。ドイツ、オランダ、ベルギーの国境の近くのAachen《アーヘン》という町の専門大学の一教授からの電話で、最初に聞かれたのが、「あなたはドイツにまだ三十年いることが考えられるか？」ということだった。

いろいろ具体的に聞くと、その大学のデザイン部門に教授の空席ができる、そして、私の知人のOffenbachの造形大学の教授（彼の先輩にあたる）がそれを知って、私を推薦したとのことであった。その時点では、公募されるのがいつになるのかはわかっておらず、（ドイツの大学での教員募集は、公の新聞に掲載されなければならない）抽象的な夢の中での話であった。

一月末にドイツに再び戻り、三ヶ月ほどして、また電話で、ついにDie Zeitという新聞に公募がでるとの連絡があり、では一つよい体験になるだろうからやってみようかと、色々準備を始めることになった。

第一は、履歴書、作品集や応募書類などの提出、第二に作品提出。この段階で十五人の応募者があったということを後で聞いた。そして、その中から五人がゲスト講演に招待されることになった。

テーマは造形論から造形教育に関しての造形一般論。それを言われたのが、十二月十九日の講演日の二週間ほど前のこと、この二週間は、制作も一時ストップ。妙子と、彼女の同僚のDiesnerさんが、私の書く日本語の原稿をドイツ語に直していく、という方法で仕事を進めた。

内容は、ドイツの競争相手にドイツの理論的造形論を説いてもしょうがないので、日本人としての提案に重点を置き、特に文字教育、文字と造形といったテーマで進めてゆくことにして、その例として、荒川修作、Thomas Bayrle, そして私の作品を比較しながら書いてゆくということになった。

この内容はいつか改めて整理し補充して発表するつもりだが（帰国して数年後に東京芸大で集中講義）、さて文章を書くということ、机に向かって二〜三十分以上すわっていることのできない私のこの二週間は、どう表現すべきだろうか。

Thomas Bayrleのところに彼のスライドを借りに行き、話をしたところ何かの本を読むといいのではないかと本を与えられたが、今さら小生のドイツ語能力では、読むだけで二週間は過ぎるだろう。

荒川修作のスライドは、以前St.Augustin《ザンクト・アウグスティン》という所で講演をした時、（コンラッド・アデナウアー財団奨学生のゼミ）まとめてあった。とにかく自分なりに、今まで体験したことや考えてきたことをまとめる以外に方法はなさそうだ。一週間ほどして、何とかドイツ語に訳す最初の部分ができて、妙子とDiesnerさんが翻訳を始めたが、翻訳者が作者を何やかやとせかす、うるさい協力者なので、ゆっくりと考える時間のない感じ。

しかし、おかげさまで、月曜当日の二日前に、なんとかドイツ語の原稿をでっちあげることができた。二日間は読み、スライドを見せながら講演の練習ができるわけで、スライドの編集をすませて、どうにか日曜の夜までに一度半ほど読む練習ができた。四十五分の持ち時間は、なんとかこなせそうだった。

やっとゆっくり眠れそうな安心感が出て、ベッドに入り、『勝海舟』を読み、明日にそなえて寝ることにした。

三時間ほど寝た頃、やはり興奮しているのか、落ち着かなくなり、起きて二時間ほど制作し、その後また三時間ほど休んで、六時ごろ起き、吉正を保母さんにあずけ、雨の降るまだ暗いアウトバーンをAachenに向かって二百五十㎞を走り出した。

車の中で妙子が、最後の練習をしようと言いだし、約二時間半楽しくないドライブをす

コンクール入賞スピーチ　1986年

ることになり、十一時の講演開始時間になんとか間に合った。

講義室にスライドの準備のため入った時、約五十人の生徒が今終わった講演について話し合っていたが、一人がスライドその他の準備を手伝ってくれた。

私の場合、スライドを使う他に、提出してあった作品を教壇に展示することにして、その準備をしていると気持ちが少し落ち着いてきた。そこへ、八人ほどの教授が入って来て最前列の机に向かって座り、これで準備は全部できた。

もう逃げることもできない。ちょっとしたあいさつと冗談を言ってから始めようかと思っていたのだが、ちょっとした間をおいて、すぐに原稿を読み始めた。

二十分ほどゆっくりとはっきりと話すことに気をつかいながら読んでいたが、少しあきてきた。スライドを見せながら色々と話し、三十分ぐらいたったら原稿があと二枚になっていたのでもう一息と、最後のふんばり。全部終わったのが、四十五分ぐらいたってからか？　その後生徒の質問があり、講義を終えた時の満場からの拍手と机をこつこつと叩く音を聞いた時……

会議室に向かう時、何人かの生徒がかけ寄り、ぜひあなたに教授として来てほしいと言われた時……その時は、「そう言ってくれてうれしい」と言っただけだったが、今この文を書いていて、なぜか涙が出てきた。

（二月十日記）

那須弘一

後日談（妙子）

結局、弘一は教授に選ばれなかった。彼は、候補者の第二位・第三位にあったが、トップに躍り出たのは、応募リストでは下位にいた女性で、タイポグラフィとレイアウトの副専攻科目も教えられる人だったそうだ。本人は、「残念なのとホッとしたのと両方の気持ち」と。

数年後、彼が大学で教えるチャンスが再びやってきた。Aachen に弘一を推薦してくださった Staudt さんが、自分の勤務先である、Offenbach のデザイン・カレッジでの集中講義をしてみないか、と声をかけてくださったのだ。はりきって出かけて行ったが、落ち込んで帰って来た。「デザイナー志望の学生に、よりによって色彩論を教えなくちゃいけない」というのだ。

彼は、何年も前から、自分の絵画のテーマを線にしぼりこみつつあった。色は、むしろ省いていこうとしていた。そんな画家が、商業デザインの基礎としての色について若い人を指導するのは、自分の絵画論と矛盾することになる。

美術に素人の私は、「それでも、今まであなたが受けてきた美術教育について、いくらでも話せるんじゃない？」と励ましたが、本人は憂鬱になるばかり。二回目に教えて帰って来た時は、げっそりやつれていた。そして、三回目の直前は胃が痛み始めた。これはまずい、と思った。ノイローゼになっている！　やめたい、という彼に私も賛成せざるをえなかった。弘一がもう来ない、と聞いた学生たちはとても残念がったという。

そのことから、私はAachenで彼が教授にならないでよかったのだ、と思うようになった。自分の内側から湧いてくるものを画面に再現していくのに集中することと、色々な雑用・義務を含む大学の仕事をこなすことを両立させることなど、あの人にはできなかっただろう。代わりに、後日私が日本で助教授になった。

注1　一九七四年に海上雅臣氏の呼びかけで、現代美術愛好家の集い「六月の風会」が発足した。隔月で『六月の風』を発行している。弘一のこの文は、一九八四年三月59号に掲載された。

十三　あふれる愛

レオンベルク個展　1979年

弘一は、私にたくさんの素敵な思い出を残してくれた。それなのに、ああ、私はなんと欲が深いのか……。どうでもいいことがいまだにひっかかるのである。それは、彼にプロポーズされなかったこと。自分一人でも食べて行けるかわからないから、結婚なんてとんでもない、という彼を説得したのは、私なのだ。そして、敢えて困難な道に踏み込んで、自分らしい幸せを見つけたことに誇らしさも感じている。それなのに、幼い頃から素敵な男性に望まれて、その人のお嫁さんになることを夢見ていたので、その夢が実現しなかったことに生涯恨みが残るのだ。

弘一は、プロポーズこそしてはくれなかったが、「妙子には幸せになってほしかった。俺は画家になると決めた時から結婚をあきらめていた。でも、神様が結婚を許してくれるようなことがあったら、相手は妙子しか考えられなかった。」と言っていた。

二十五年間に、弘一が出展した個展・グループ展に私はいつも同行した。彼は私と一緒で満足そうだった。

一九七九年の冬、シュトゥットガルト郊外のLeonberg《レオンベルク》の個展のオープニングに私は出られなかった。フランクフルト大学で教え始めたばかりで、その日は授業が終わってから、電車に飛び乗り画廊へかけつけた。電車は二時間、シュトゥットガルト中央駅には、シュトゥットガルト市民大学日本語講座のエドワルドが車で来てくれていて、二人で画廊へ向かった。

オープニングが終わり、すぐ近くのレストランにみな集まっていた。私たちが入り口に近づくと、弘一が中から現れた。私が来ないか、と何度も外を見に来ていたらしい。私を見て、両腕をひろげて「わあー」。思いっきり両腕を広げ、両足も広げてバタバタと足踏みをしながら、何度も叫んだ。私は驚いてしまったが、隣でEdwardがおかしそうに笑っていた。

そして、弘一は私をお姫様だっこして、意気揚々とレストランの中に入って行った。私たちの友人・知人で小さいレストランがあふれていた。

彼が妻子への愛を爆発させるのを何度も見たが、次に印象に残るのは、吉の誕生である。長時間の人工陣痛でぐったりした私は、子供が無事に生まれてもむしろ無感動だった。私の分まで喜んだのが弘一だった。ずっと、「よし！　よし！」と大声で叫んでいた。

彼が帰宅したのは、明け方の四時ごろだったが、日本の親たちに報告し、ベランダで『君が代』を大声で歌ったそうだ。なぜ、国歌なのか？　近所からよく苦情が来なかったものだ。

朝、弘一は病院の個室に来た。真っ赤なバラの花束を抱えていた。彼に花束をもらったのは、後にも先にもあの時だけである。それを私に渡し、新生児用のベッドから吉を出し、私のベッドに連れてきた。そして、うっとりとした表情で、吉の額に唇をあてた。

「男の子でよかったわね」と言うと、「どっちでもいいよ」。私もどっちでもよかったのだが、那須家の嫁としては、まずは男児を生んで親たちに安心してもらいたかった。変なところで、古風な固定観念にとらわれていたのだ。

ミュンヘンに留学中の画家仲間の坂口さんが弘一と同じサッカーファンで、電話の話題は試合のことばかり。「サッカーのことであんなむきになって。あれだけ感情の豊かな人が父親になってどんなにうれしかったか。」その友人夫婦のところにも、一週間ほどあとに男児が生まれた。一九八二年の夏は、実り豊かであった。

弘一の吉への愛と信頼を一番強く感じたのは、息子が十七歳で直面した精神的危機だった。私たちは、一人息子が自殺するのではないか、と生きた心地もしなかった。そうでなくても、この先この子は普通に進学、就職、結婚もできないだろうと悲観していた。とにかく、生きていてくれさえすれば、と神仏にすがる思いだった。

しかし、ある日弘一はきっぱりと言った。「これは、きっと吉なりの反抗期だ。おれたちの子だ。きっと大丈夫。」その時の弘一の明るい表情と言葉にどれだけ力づけられたことか。そして、その言葉通り、数年後に吉は完全に回復した。

弘一は、ドイツで誕生日（七月三日）を迎えると、電話をくれた。普通は、誕生日の人に、他の人たちが電話して祝福するのだが。「どうして？」と聞くと、俺の家族になってくれてありがとう、と言いたいと。

そういえば、弘一が好んで口ずさんだのに、スティーヴィー・ワンダーの"I just called to say I love you"があった。

新年のお祝いでもないし、チョコキャンディーもあげないけど
春の始めでもないし、歌ってあげる歌もない
本当にただ普通の一日さ
四月の雨でもないし、花も咲いていない

六月の土曜の結婚式でもない
でも、なにか本当のことがある
君に言わなきゃならない三つのことばが
愛してるって言いたくて電話したんだよ
どんなに思っているか言いたくて電話したんだ
愛してるって言いたくて電話したんだよ
心の底からそう思っているんだ。

弘一は、歌が上手だった。I love you と、うれしそうに微笑みながら私を見て、歌うのだった。

十四　ナス通信（二）

NASU-TSUSHIN No. 2　　　　MARZ　1985

那須　弘一

ナス通信一号が皆様に届いた頃、父の突然の死で私は日本に単身一時帰国していました。今回二度目の個展をウナックサロンでするにあたり２号目をお届けします。

まず一回目にお知らせした、アーヘンという町での教授の話はいまだに公式の発表はありませんが、先日、電話で聞いたところでは、どうも応募リストでは下位の方にいた女性が、タイポグラフィとレイアウトの副専攻科目も教えられるということで、内定したようだということです。残念なのとホッとしたのと両方の気持ちです。

さてこの一年の我家は、ドイツ滞在のうえで、いくつかの大きな変化がありました。父の突然の死、フランクフルトでの２回目の個展、(この個展は、テレビでの紹介、フランクフルトの作家展やラインホルト・クルト賞展への招待などで当地での基礎をつくるのに大きな役割をはたしました)、又妙子の大学との契約が切れたことなどです。

又最近、今年５月Baden-Badenという町にてある三人展で一緒のKarlsruheという町のアカデミーで彫刻を教えておられる秋山教授と私が、日本人としては初めて、ドイツ芸術家協会々員になったという知らせがありました。ドライヤー教授が一役員として活躍しているこの芸術家協会については後日記すことにして、今回は私を６年前この協会の展覧会（毎年１回都市を変えて開かれる）に推薦し、今でもいろいろと、私への援助をおしまないこの若い教授について書くと同時に、私のドイツでの学生生活の一部をふりかえってみたいと思います。

人物紹介II

PAUL UWE DREYER

（具体美術三人展にて1979. 右：ドライヤー教授
左：ケルマー学長）

ドライヤー教授について語るには、身長191cm体重98kgといったところから始めることにする。ハノーヴァーの近く、オスナーブリュックという町で1939年に生まれ、ハノーヴァーとベルリンの美術大学で学び、その後ドイツ政府の奨学制度でローマに滞在、1972年にはシュトットガルトのアカデミーに教師として

ドイツ人と日本語（中間報告）

那須　妙子

「大学での口が決まり、私は勇みたってフランクフルトにやって来た。」と結んだのがNasu通信の№1。その後、昨年10月半ばで私のF大との５年契約もきれて、私たちの生活リズムも大きく変化した。「ドイツ人と日本語」のつづきは次回にして、今回はこの間の事情についてご報告しておきたい。

ドイツの大学では一般に外国人の講師に限らず、教授以外の職が一定年数に限られている。それは大学の絶対数が少ないからであり、(総合大学46、１ヶ所を除いてすべて国立) できるだけ多くの人に平等のチャンスを与えるべきだ、それにfrisches Blut (新鮮な人材)はいいものだ、という説明がされている。実際は、回転を早くしておく方が何かと都合がよい、(たとえば経費削減の際は、その職をカットしてしまうというように) というのが体制側の本音のようであるが。外国人講師の場合にはこれに加えて、本国のフレッシュなインフォメーションを伝達できるようにともいわれている。

しかし、教材やカリキュラムに慣れて、それをこなし、なおかつその改善や工夫ができるようになるまでは、そしてドイツとドイツ人がある程度理解できて、授業の内外で臨機応変の対応がとれるようになるにはどうしても時間が必要だ。私も５年にしてやっと慣れて、いよいよこれから、という時にやめざるを得なかったのだ。

学生たちもこぞって遺憾の意を表わしてくれたが、現行の法律相手ではどうにもならなかった。

だが、何事にも表裏の両面があるもので、私は今やドイツの法律に守られて、高額の失業保険を支給され、(西独の失業人口目下260万人)、わが家でよき妻よき母として(??)の日々をすごしている。吉正はずっと私と一しょでご満悦、主人はいよいよ制作にうちこんで、驚くべき量の仕事をこなしている。

もっとも私は日本語教師としての自分をすっかり忘れたわけでなく、昨年８月末からは、フランクフルトのギムナジウム（９年制の文科高等中学校）で週に１時間日本語を学んでいる。ドイツではこの数年に日本語を第３外国語としてとり入れるギムナジウムが10校近くになり、各地で話題になっている。これまではドイツ（ヨーロッパ）での日本語教育は成人対象だったからだ。

さて、フランクフルトのGギムナジウムは、日本語が週に５時間あるが、私が１時間しか担当していないことについても法律がからんでいる。何年か前にヘッセン州のギムナジウムの非常勤講師たちが大がかりな訴訟問題を起こし、教師としてフル・タイムの口を獲得してしまい、州は六百人もの新しい教師に固定給を支払わねばならなくなり、経済的な大問題となった。それ以来F市では、「他に定職、主な収入があって、あくまでも副職としてギムナジウムに来てくれる人」でないと絶対に採用しない、と決めてしまった。Gギムナジウムの日本語プロジェクトが初めて話題になった時、在留日本領事館は教師として私をすいせんしてくれたが、私は大学との契約がきれて、失業の身分になってしまう。他に正式な職場のない人はとれない、という建前なので、関係者たちは頭をかかえこんだ。そしていろいろ知恵を寄せ合った末、私がドイツから報酬をもらわなければよい、つまり私のもち時間については日本サイドからお金がくればよいということになり、国際交流基金から援助金が出て、私はやっと一時間担当できることになったのだ。(あとの４時間

一九八五年三月

那須弘一

ナス通信一号が皆様のもとに届いた頃、父の突然の死で私は日本に単身一時帰国していました。今回二度目の個展をウナック・サロンでするにあたり、二号をお届けします。

さて、この一年の我が家は、ドイツ滞在の上で、いくつかの大きな変化がありました。父の突然の死、フランクフルトでの二回目の個展（この個展は、テレビでの紹介、フランクフルトの作家展やラインホルト・クルト賞展への招待など、当地での基礎をつくるのに大きな役割をはたしました）、妙子の大学との五年契約が切れたことなどです。

また最近、今年五月にBaden-Baden《バーデン・バーデン》という町で二人展でご一緒した秋山教授（Karlsruhe《カールスルーエ》のアカデミーで彫刻を教えていらっしゃる）と私が、日本人としては初めて、ドイツ芸術家協会会員になったという知らせがありました。今回紹介するドライヤー教授は、この協会の役員を務めています。彼は、六年前にこの協会の展覧会（毎年一回年を変えて開かれる）に推薦してくれました。今でも色々と私への援助を惜しまないこの若い教授について書くと同時に、私のドイツでの学生生活の一部をふりかえってみたいと思います。

ドライヤー教授について語るには、身長191cm体重98kgといったところから始めることにする。Hannover《ハノーファー》の近く、Osnabrücck《オスナブリュック》という町で一九三九年に生まれ、Hannover とBerlin の美術大学で学び、その後ドイツ政府の奨学制度でローマに滞在、一九七二年にはシュトゥットガルトのアカデミーに教師として招聘され、七四年には三十五歳で教授になっている。私が彼の目にとまり入学してからもうすぐ十二年の付き合いになる。

典型的プロイセン的ドイツ人、行く所敵だらけ、好戦的で幼稚なくらい自分の感情を隠せない。よく見れば非常に正直、逆に言えばわがままぼうず。大変な人の所に入学したものである。入学して一年間は仮入学（ドイツでは、州により、またその時々の法律により差があるが）、一年後にその間の仕事を提出、試験され本入学となる。私の場合ある程度テーマは決まっていたが、それを進める方法を探していたので、色々な実験をしていたが、シルクスクリーンを使ったりしていたので仕事の量が多く、試験は一番でパスした。

三学期目が始まると、彼は学生に課題を与え、彼の教育システムを作るべくはりきりだした。私の場合、自分のテーマを進めることは意外とすなおにそれを認め、自由にさせてくれたが、ほかの学生はそれが認められなかった。

彼の教室で私が何を学んだかというと、生徒作品を批評する時に出てくる彼の絵画に対する考え方である。そのきびしいほどの指導は、特に女子学生などなぜ泣き出さないのか不思議なくらいきつい。（他との対立のそういったきびしさは、生徒に限らずあらゆる人間関係にまで見られた。）普通ドイツの学生は生意気で、教師につっかかってくるのが多いが、彼に向っていくには相当の体力がいる。そして、そういった主張の違う学生と彼とのやりとりが一番私のためになった。

私の場合、彼の表現技法と共通点もあり、彼は私のテーマを理解し、他の生徒に対して参考として、私の作品をあげることが多かった。今考えても、彼と造形上の問題について議論した記憶はない。しかし、彼の考えは生徒作品の批評においてつかめたし、また時たま述べる彼の造形論が、その作品とともに一人のドイツ人、私の思考形式と全く違う一作家のものとして明確に実体化してくる。

日本を発つ時、感覚的なものだけに左右されることなく、構築していける美というものを探していた私には、彼の実践している構成主義の方法は非常に参考になった。しかし、私自身を構成主義の絵画にあてはめていくにはとても無理があった。その分析思考の明晰さ、論理の組み立てとは根本的に異なる文化に育った私には、入りきれない　線とそれだけでは自分を表現できないもの足りなさが感じられた。

　彼は、そのように変化していく私を見ながら、いつも明確に彼の意見を発し、またことあるごとに私を援助してくれた。学校のシルクスクリーン工房で助手として勤めたこと、アカデミーコンクールでの受賞、卒業前のアカデミーでの具体美術三人展、卒業後、州の芸術財団に奨学生として選ばれたことなどは、彼の援助なしには考えられない。結局彼の教室には六年間いたことになる。九年間住んで私の第二の故郷になったシュトゥットガルトという南西独の町を訪れて、ドライヤー教授や当時の仲間たちと話すのは、今でも私にとって、とても楽しく有意義なひとときである。

後日談

弘一の死後二年経って、ドライヤー教授は退官（アカデミーの学長になっていた）記念に、三十年間に教えた画家の中から十五人を特に選んで、その作品を教授自身のものと共に展示した。

シュトゥットガルトに隣接したエッスリゲン市の美術館「メルケル邸」は、ネッカー河の河畔にあり、古風なたたずまいで知られる。このグループ展は、シュトゥットガルト美術大学との協賛で実現した。

アカデミー同窓会

十五　イノシシと犬たち

1頭と4匹

こんなはずじゃなかった。少女の私が思い描いていた人生には、犬なんか一匹もいなかった。十代の頃の私の夢は、二十歳になったら素敵な男性の可愛らしい奥さんになって、三人以上の子どもを生むことだった。料理と手芸に明け暮れる毎日。

ああ、それなのに……なにもかもが違ってしまった。今年還暦を迎える私は、たった一人の息子に支えられて生きるキャリア・ウーマン。素敵な男性と二十五年を共有できたが、彼と結婚したのも子どもに恵まれたのも三十を過ぎてから。おまけに、夫は三年前に五十五歳で逝ってしまった。

専業主婦になる夢はどこへやら、夫に画家の道をまっとうしてもらうために私はずっと外で働いてきた。料理は、彼がプロなみに上手で、私は仕事から帰宅して「食べる人」だった。こんな思いがけない人生になるとは！　きわめつきは、犬である。

私は、犬が嫌いだった。犬は噛み付くし、吠えてうるさい。猫は、大好きだった。私は五人兄弟の末っ子で、二人の兄・二人の姉たちがかわるがわる捨て猫を拾ってきたので、わが家にはいつも猫がいた。

早くから結婚願望の強い私だったが、失恋ばかりを繰り返し、いつの間にかフリーの通訳ガイドから大学院生になり、専門のドイツ語の勉強のために二年間ドイツ留学をした。

日本では結婚相手に会えなかったけれど、ドイツ青年にみそめられたら、と期待した。

その期待に反し、同じ留学生だった日本人と結ばれることになった時も「人生って思いがけないことの連続だ」と思ったものである。

夫の抽象絵画がドイツで認められていたため、私達は一九七八年から九二年までドイツで暮らした。夫の弘一は、愛情深くユーモアにあふれる素晴らしい男性であるうえに、才能ある画家だった。若いうちに結婚できなかった理由に納得できた。「そうか、この人にめぐり会うために、恋に失敗ばかりしていたのね。」

十四年にわたるドイツでの仕事の中で一番楽しかったのが、フランクフルト大学での日本語講師だった。そこでの五年は、息子が生まれたことでも私の一生の中で特に輝いていた時期だった。夫の展覧会がドイツ各地で開かれ、コレクターも増えた。

そんな日々にも身近な所に犬がいたことに今頃思い当たる。ドイツ人の同僚である日本学者が大きなアフガン・ハウンドと暮らしていた。彼女は住まいも近くで、毎日の通勤に彼女の車に同乗させてくれたのだ。魅力的な女性だったが、フロリアンという犬を溺愛していた。「フロリアンが待っているから早く帰らなくちゃ」などと言うのを聞いて私は、いつも「ばかみたい。」とお腹の中でせせら笑っていた。ごめんなさい！　Dさん、フロリアン！　犬がりっぱに家族の一員になれるなんて、あの頃はちっとも知らなかったのよ！　今フロリアンに会えたら、しっかり抱きしめたい。

大学との五年の契約が切れ、私は一年間の優雅な失業生活（ドイツでは、失業手当は最後の給料の八割が支給される）の後、グリム兄弟生誕の地ハーナウにある日系企業の秘書になり、七年以上勤めた。私の上司は、何百人ものドイツ人社員に敬愛された日本人役員で、その方のおかげで気持ちよく長年会社勤めができた。

息子の吉正は、現地の幼稚園でも小学校でも遊び友達に恵まれ、私達夫婦はその親達と親しくなった。それまでの芸術家や学者が中心だった交際範囲が広がり、未知のドイツに触れることができた。私達はますますドイツが好きになり、永住権も得た。

それほど快適だったドイツの生活をたたんで帰国することになったのは、私に大きな転機が訪れたからだ。九十九里近くに新設された大学が助教授として採用してくれたのだ。

夫の仕事にも子どもの教育にもドイツの方がよかったのだが、私にとってはまたとないチャンスを逃すことはできなかった。夫は、長男なのに母親を一人にしておくことを気にかけていたこともあり、帰国にむしろ積極的だった。そして、親子三人でとうとうドイツを離れ、茨城の義母の家で暮らすようになった。弘一は、一年の半分近くをドイツで制作・

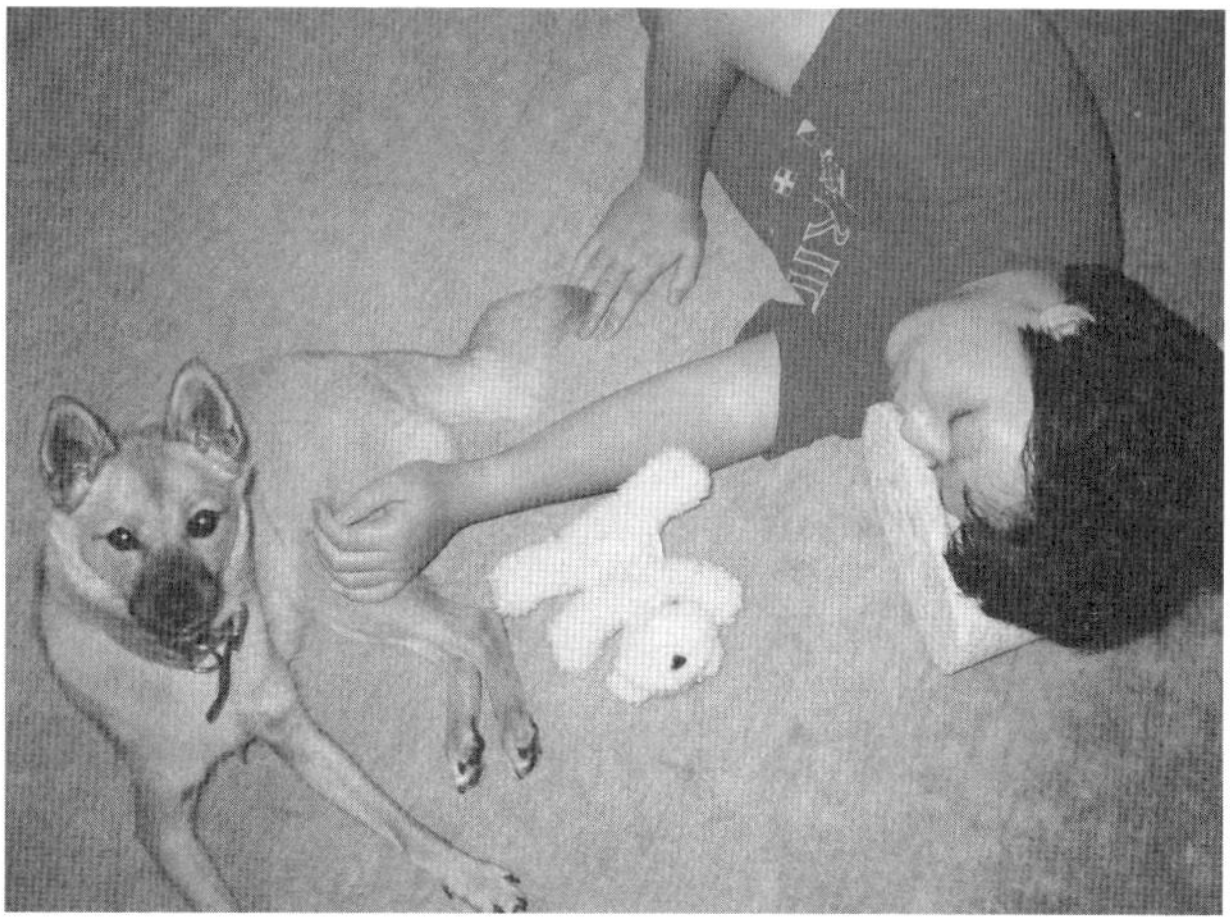

兄妹

発表し続けた。

　私は講義を三日でできるようにして、大学の宿舎で二泊していた。だが、遠距離通勤がだんだんきつくなり五年後には大学の近くへ引越した。義母は自分の家から離れたくないというので、三人だけで国内の移動となった。

　こんな動きの激しい生き方をしても、たくましい私にとってはなんともなかった。でも、繊細な夫や息子にはきつかったのだろう。その疲れがまず息子に出た。

　吉正は、「いい子」だった。素直でかわいらしく、だれからも愛された。パパとママが大好きで、二人の期待に応えようとした。だから、友達との別れのつらさに耐えながら、大きい引越しを二度もした。ドイツから日本、そして茨城から千葉へ。親の勝手にふりまわされながら、一生懸命ついてきた。名門と言われる県立高校に進み、成績もトップクラスではりきっていた二年生の秋に吉正は急に精神不安定になってしまったのだ。ドクターストップがかかり、二ヶ月も学校を休んだ。夫は息子のそばにつききりで、自分もノイローゼになりかけていた。

そんな危機的状況にある時、「犬を飼うといい」と聞いた。そうだ、それがいい！　犬嫌いだった私なのに、吉正のためには必死になっていた。

かくしてレナがわが家に来ることになった。柴犬に似ているが、手足が細長いところは西洋犬の血が混じっているらしい。大きな目とすらりとした肢体は、人間で言えばオードリー・ヘップバーン。

二〇〇〇年正月（獣医推定）の生まれで、その三か月後に鎌ヶ谷の車道をさまよっているところを知人に拾われた。その人は既に二匹の犬を飼っていて、「犬は素晴らしい生き物。百パーセントを与えると二百パーセント返してくれる」と言った。あれから六年、吉正は「千パーセント返してくれたよね」と言う。

知人宅の玄関で初めてレナに会って、私達は一目惚れした。ハウス代わりに入れられていたスーツケースの中から這い出て来て、さっそく私達に甘えたのだ。抱き上げると、鼻面をこちらの肩におしつけてくる。こんなひとなつっこい犬が捨てられたなんて、未だに信じられない。一体どうしてレナはさまよっていたのか。

だが、レナという二人目の子どもが授かったと喜んでいた矢先、1週間後にレナはパルボ・ウイルスに感染し、あわてて入院させたが、このウイルスは死亡率が高く、とても危険な状態であることがわかった。もうダメかと、三人とも諦めかけていたが、レナは奇跡的に回復したのである！　なんと生命力が強いのだろう。この強さは、私ゆずり？

吉正もその後立ち直った。大学生活を謳歌し、ドイツ語の通訳ガイドになった。父親の死も乗越え、今では私の一番の相談役である。息子が立ち直ったのは、四本足の妹レナのおかげだと思う。

息子がすっかり元気になった頃、夫の癌が発見された。八ヶ月の闘病の後、精魂傾けた秀作を多数遺して旅立って行った。入院しても明るさを失わなかった弘一がひとつだけぼやくことがあった。「レナに会いたい！」

彼の干支は、イノシシ。そう、あの人は猪突猛進の芸術家だった。私の人生の最盛期、光いっぱいの中をまっすぐに走って通り抜けていった。彼が愛してやまなかった四匹の犬を残し……。四匹？　そう、私も息子も義母も戌年生まれなのだ。自分の好きなように生きた弘一はやさしかったが、わがままなイノシシだった。その王様の忠実な家来が四匹の犬だったといえる。

夫と二人で眠ったダブルの蒲団の上に乗っかっているのは、レナ。あたたかく、やわらかい体と静かな寝息を足元に感じる。夫のいなくなった空洞を犬が埋めてくれることになるとは！　思ってもみなかった人生の展開だが、しみじみありがたい。一匹の犬によって新しい世界が開けたのだから。


（二〇〇六年七月　東金にて）

後日談

二〇〇七年一月、B社の「あなたの原稿を本にします（テーマ　ペットと私）」に応募し、落選した。しかし、編集者のH氏が電話をくれて、どんどん書くように励ましてくれた。本にして、出版できるかもしれないと。結局、その出版社ではなく、身内の出版社から本を出すことにした。なぜ初めからそうしなかったのか？

変な遠慮があったのだ。「私の文章なんかを、あんなに忙しく苦労している姉とその子供たちと孫におしつけるわけにいかない」と。

国文学者の父の偉大な業績を支えるべく、長姉とその夫が設立した出版社を維持するのに、姉たちは辛酸をなめた。ずっとドイツで気ままに生きていた私は、なにも手伝えない自分が情けなかった。

私の雑文を本にまとめる話が他社から来た時、姉たちの銀の鈴社で出版してもらうなんて、そんな大それたことをして、かえって迷惑をかけると思った。

それでも、すじを通すため、姉にB社からこういう話がきている、それにのってみたい、と報告した。すると、姪が「B社の話は気を付けたほうがいい。」（理由は省く。あの時、私の文を読み、ていねいなコメントを送ってくれたH氏の名誉のために。）

今考えてみれば、身内が出版社をしているのなら、そこから本を出すのが自然だし、ベストではないか。収まるべきところに収まるものである。

レナ採寸

義母製レナのコート

十六　帰国時挨拶文

ドイツのランドセルは、日本の小学校で許容された。

一九九二年

三月九日、二十年生活し私達の第二の故郷になったドイツを後にし、十日成田に着き、日本での諸手続きをほぼ完了して、もう一ヶ月余りが過ぎました。すぐに吉正の転校手続きをし、到着後二日目に近くの小学校3年に編入、「ドイツ君」というニックネームをもらいました。家に帰って来た時の、その生き生きとした目を見ると、まずは日本での第一関門をいい気分で突破できたようです。

今回の帰国は、妙子の日本の大学における教師生活再開がきっかけになっています。私にとっては、二十年のドイツ滞在が実りつつあり、いくつかの実もすでに収穫していました。

そしてその基盤が固まり、一年のうち数ヶ月ドイツにて仕事をするということで、その基盤を保てると思い、また今までつのる親不孝を精算するつもりで帰って来ました。これから日本での制作発表活動も今までよりいっそう活発になると思います。

ここ数年は夏を中心にドイツで仕事、発表をし、一年の約三分の二を日本にて家族と一緒にいるという生活になります。今回は五月中旬には又フランクフルトに行き、この二月に完成したジーメンス系ヌーカムという会社の社員食堂の壁画（五枚組）の落成式に参加、

ヌーカムの社員食堂

九月末から十月初めにはフランクフルトでのブックフェアー参加の本の版画を制作したりして、秋に入るまでフランクフルトを中心に活動します。

私の本当の（？）帰国は十月ということになります。これからも皆様に色々と御助力をあおぐことになると思いますが、どうぞよろしくお願いいたします。

那須弘一

本当に御無沙汰しておりますが、お変わりございませんか。突然の帰国の知らせでお驚きでしょう。私達自身にも意外なことです。ここのところドイツでの生活もすっかり安定していましたから。ただ私の理想の仕事がこちらで見つかったという理由だけで、ドイツでのあの快適な暮らしをたたんできてしまいました。勿論、二人の親たちのことも考えたのですが……夫と子どもの仕事と学校を犠牲にしてまで自分の野心を追いかけて、バチがあたるのではないかと恐れつつ帰って来ました。この一歩を大きく踏み出したことを後悔するのでは、三人ですぐにまたドイツへ帰りたくなるのではないか、と。

それが杞憂だったとわかり、今はホッとしています。夫は前述したようにはりきっているし、吉正もドイツにいたときにもまして楽しそうです。

そして私は、やはり幸せです！　九年ぶりに大学に戻れました。しかも助教授という、今までの私にとっては夢でしかなかったポストを頂戴しました。大学は今春新設の城西国際大学です。そこでドイツ語と日本語（一年生の必修としての表現法と四年生対象の日本語教授法）を教えます。

昨日は、入学式でした。十四年ぶりに極めて日本的な式典に参加し、逆カルチャー・ショックを受けましたが、同時に何もかも新しい大学でこの学生・先生たちと自分たちの学校を創っていくのだというフレッシュな意欲で満たされました。二十七年前には私も新設二年目の獨協大学に入学し、いきいきと学ぶ喜びを知ったのです。あの時なんとなく始

開学時の城西国際大学

めたドイツ語がそれからの私の人生をこんなにも大きく左右してきました。

　夫の実家は、住み心地最高です。ドイツから送った合計2・6㎥で580㎏の荷物が一見狭い家の中に無理なく収まってしまいました。そんなところにも伝統的な意味での日本のフレキシビリティを感じています。

　何もかも順調な日本での最スタートですが、一つ問題があるのです。ドイツの運転免許証を日本のに書き換えるのに、茨城では試走させられるのです。簡単なテストなのに、私は落第したのです！（夫は勿論すぐにパス。）近日中にまたトライしますが、われながらよくもこれで七年もドイツで運転していたものと不思議です。

日本の皆様には、これまでの一時帰国のようにあわただしくお会いすることがなくなり、ゆっくりとお会いできるのが楽しみです。どうぞよろしくお願いいたします。

末筆ながら、皆様のご健康とご活躍をお祈りいたします。

妙子

十七　レクイエム

境界をさぐる心
那須弘一へのレクイエム　　海上雅臣

息子から見た那須弘一　　那須吉正

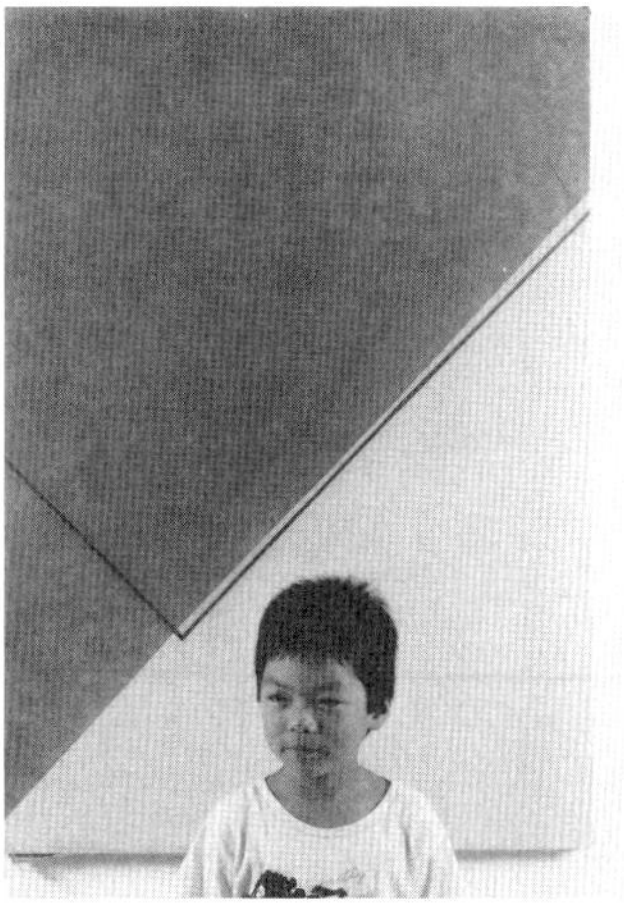

弘一は財布にこの写真を入れていた。

境界をさぐる心　那須弘一へのレクイエム……海上雅臣

二〇〇三年六月十五日夜ルフトハンザ最終便でベニス空港に着いた。二十三時過ぎの暗い水面に、船首を立て音をたてて水上タクシーが走り出す。暗くもやった上空にうっすらと月影が見えるが、水平線は見えない。

那須弘一の初めての東京展をウナックサロンでやった一九八三年の個展案内状に、トーマス・バイルレは、弘一は彼の育った境のない広々とした村に、境界線を探るようなリリカルな絵を描く、と感想を記していた。

サンマルコの波止場に着いて船からあがると、にわかに大粒の雨が降り出した。明日はバイルレがインスタレーションを出しているベニス・ビエンナーレ・テーマ館で彼と会う約束だ。こんなに蒸し暑いベニスは初めてだと思いながら、空と海の境界の見えない夜景は、ターナーの水彩画を想わせると思い、風景の形容をそのように画家の名で通じることに、遥かに遠のいたよき時代の絵画の役割を思いつつ眠った。

那須弘一が死んでから、はや百日過ぎている。

六月十六日快晴。六時半起床、シャワーで肌の汗を流す。

那須弘一は、シュツットガルトの美術アカデミーでドライヤー教授につき構成主義の教育を受けた。コンストラクティヴィズムについては、ロシア・アヴァンギャルドの一角での、リシツキーやマーレヴィッチによる発生から、モンドリアンに至るまで、近代絵画史に明瞭な軌跡が記録されている。

だが今、私の脳裏には、昭和初期一九二七年に、二度目のパリ滞在で佐伯祐三が遺した、彼の代表作とされている「広告とガス灯」の画面が浮ぶ。この絵は横1m縦60㎝海景の夕ブローだが、街の壁面左右一杯に同じ大きさのポスター十枚が描かれている。だがこれは広告ポスターであろうか？　一枚一枚の枠の中にはアルファベットが、まるでラクガキのように荒っぽい筆致で一字一字書かれている。カラフルな字のそれは、アルファベットの字を筆で書く楽しみに浮かれているようだ。画面の右三分の一のところにガス燈が立っている。一息にひかれたその黒い柱と呼び合うように、画面の左隅に二人の人物の歩いている姿が細長く描かれている。人影の縦長の線も、描くというより書くというにふさわしい筆致だ。そうしてガス燈の上の横長の白い壁にCONSTRUCTIONという文字を、黒く大きく書きなぐっている。この画家は、何故ここにそんな用語を書いたのだろうか？　しかもその下にサインと1927という記録を書いている。広告ポスターというのに、イラストらしい図柄を描いたものは一枚だけだ。全部アルファベットの字の氾濫、そんな広告を揃えて貼っていることがあるだろうか？　これは、パリの街角の堅牢な壁面に向かって立った画家の幻想ととった方が良いようだ。明らかに写生ではない。ラクガキに似るそこに生じる郷愁のような哀感が、この絵を昭和初期パリ滞在中の若い画家の代表作として、「ふらんすへ行きたしと思えども／ふらんすはあまりに遠し」とあこがれた一九三〇年代の人々の共感をそそったのではないか。

問題は「壁」なのだ。石壁の堅牢な空間の面は、木造の家の障子と土壁になじんだ感性にとっては、とりつくしまがない「壁」だった。問題は「壁」であり、構成という描画意識も、その堅牢な空間によってはじめて実感となって迫った。そうとしか思えない。

那須弘一はドイツでの作品発表に、堅牢な石造の空間の中で、彼の感性を生かし、ドイツ人の共感を得るには、線の交叉による構成を狙うよりも、線を生かした色面のひき立て合いがよいと考え、下地にアルミ板を敷きそれを和紙でカバーし、水彩絵具で色面を作って透視感を出すことを考えた。このようなメチエの緻密な工夫は、日本の生活の中からは案外生まれてこない。弘一がしきりに語っていたそのことを思い出す。

私はこの作品集に、二〇〇一年歳末の二点を加え、二〇〇二年初めの作品から二〇〇三年二月初め、最後の入院に至る日までの制作二十二点を収めた。ここには愛すべき形見の小品集がある。食道癌の宣告をうけた二〇〇二年六月までの作品は十点ある。その頃、近作を見てくれと言われ、彼のアトリエを訪ね、作品のもつ極度の透明感に打たれた私は、軽い気分で「久しぶりにウナックサロンで発表しようか」と言った。その時私は、彼の身の上に決定的な変化が迫っているなど思いもしなかった。彼も明るい態度で久しぶりの対話を楽しんだ。

癌とわかってから、発見が遅かったので手術もできず、治癒の方途は立たない、と最後通告を受けたのは九月だった。六月の癌告知からの二ヶ月間制作はない。入院し、強い放射線を限界まで浴びた。もうここまで、と自宅での静養を言い渡されてから、残された時間を生かそうとした彼は、描き、描き、作り、四ヶ月で十二点の作品を遺した。

十二月十日、私は千葉県東金の彼のアトリエを、伊藤時男と共に訪ね、弘一と妙子の対話を録音し、アトリエでのその様子を伊藤は撮影した。終わってから、一緒に外出し九十九里浜の眺望をみんなで楽しんだ。荒い海を見る弘一の眼はやさしかった。

良い資質――本然の画家としてのそれをもつ人は、自身の歩みの節々に目標を立てているものだが、彼は死の病の宣告を受けて、にわかに最終目標に迫ろうとしたに違いない。

〈六月の風〉175・176号に特集した対話の言葉の端々に、その様子はうかがえる。

「私の絵は、美術界に声高に主張することよりも、その絵が掛けられた壁の一隅で、静かにその部屋の人に語りかけるものでありたい」

といっていた、このおとなしい画家の声が、遺された最後の二年間の作品の一点一点から確かに聞こえてくる。

その声は、半世紀以上前にパリの街角の壁に向かってなぐり書きした日本の先輩画家の、CONSTRUCTIONというなぐり書きよりも、着実に、日本的感性による構成への理解を示すものとなった。この成果には、フェノロサが障子の桟に日本独自の構成を発見し、エッセイに記していたことを、今仄かに想起させるものがある。

思えどもなおあわれなり死にゆけば
よき心すらのこらざりけり——釈超空

詩人学者であった折口信夫は、愛した学徒が学問を満たす時間をもてずに戦死したことを嘆き、鎮魂歌としてこのように歌った。
実際のところ、心とか精神性というものは、それが形に現されなければ、誰にも伝えることは出来ない。

那須弘一は、日本とドイツにかけた彼の長いしずかな描画の道程を通じ、鍛え上げた心を、死を見つめることによる直前の半年間と、死の宣告を受けてからの半年間、普通の生活の時間帯では二年にわたるその期間に、あざやかに描きとめ、みんなの前に差し出した。

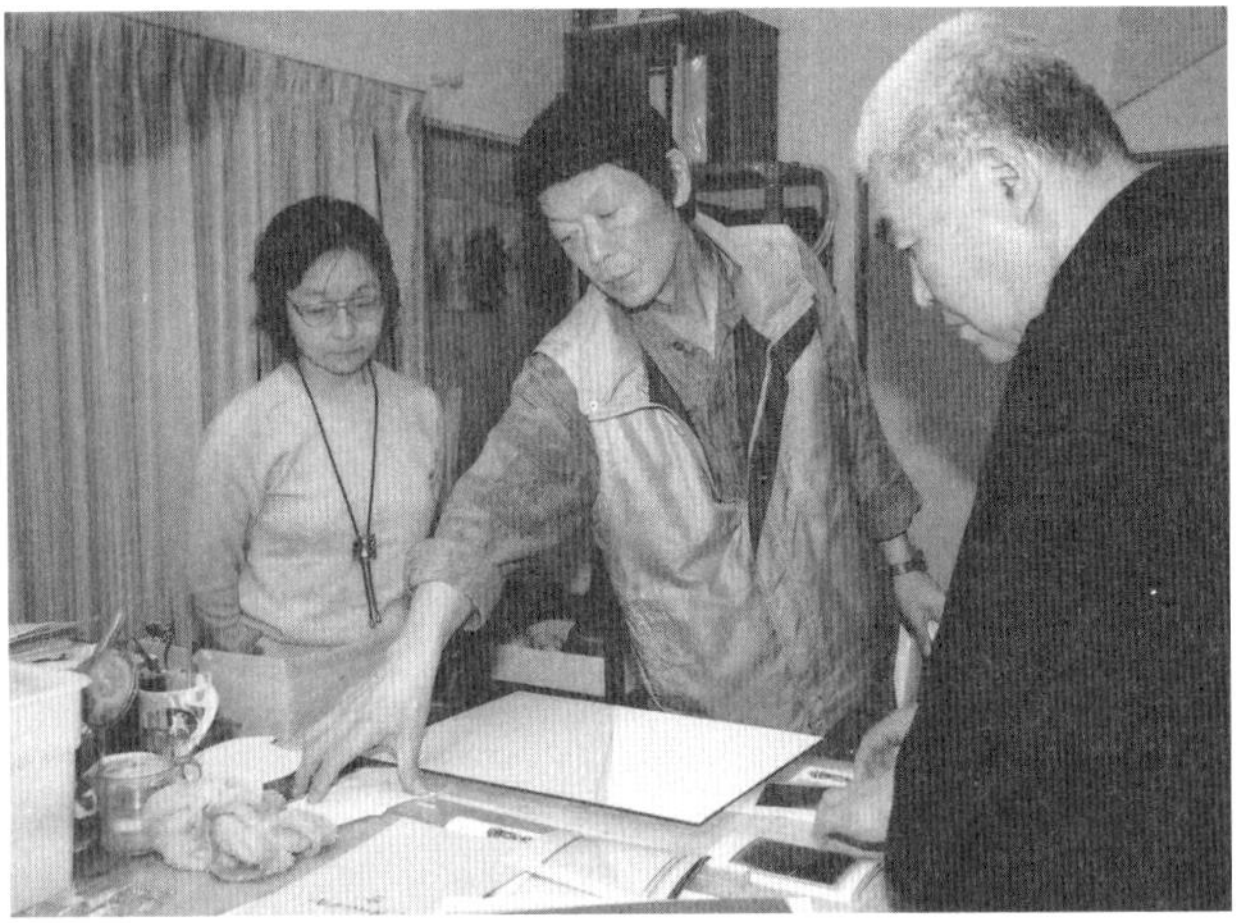

東金で海上氏と

画家の不在証明となってしまった境界の向こうに、今見えるものは何であろうか。
二〇〇三年六月十六日午前六時サンマルコの旅宿で記す
『境界の向こうへ　那須弘一　二〇〇二～〇三』(二〇〇三)より　ウナックトウキョウ・銀の鈴社

息子から見た那須弘一……那須吉正

母は働きに出て、父は家で家事をこなしながら制作をする、というのがわが家の日常だった。

ひょっとすると、私は制作をしている父の姿をこの世で最も長い時間見られた人間かもしれない。制作の際の父の集中力は凄まじく、周りの空気もピンと張りつめ、定規など道具を使って作品に命を吹き込む様は、むしろ大工の作業を見ているかのようだった。

制作による体のダメージは特に肩こりとしてあらわれ、よく父に「よし、ちょっとマッサージしてくれないか」と言われたが、岩のような硬さになった両肩（特に利き腕の右肩）を揉むと、すぐにこちらの手が痛くなってしまった。

幼かった頃の私はその姿をまねたのか、もの心ついたころから絵を描くようになった。といっても、ドイツのテレビで流れる日本のアニメ「Saber Rider」（星銃士ビスマルク）などの影響を受け、漫画を描くようになっていくのだが。父の絵がラインアートに近いと言われるような線を扱った作品が多いためか、私は線を引いては、「はい、できた、お金頂戴」と。父がこだわりを持って探求の末辿り着いた作風を愚弄するような発言だったが、父はそういう子供の反応も面白がっていたようだ。

日本に移り住んで、小学校高学年になった私は学校の課題で体育祭の絵を描いた。父はその絵を見て「凄い絵だ！　躍動感がある。よし、この絵、俺に売ってくれないか」と、何と私の課題を買い取ったのだ。素晴らしい芸術は評価されるべき、という父の信念を強く感じた出来事だった。


深夜に制作をすることも多く、夜中に私が空腹で目を覚まして二階の自分の部屋から降りて行くと、一階の明かりがついていて、父が夜食にカップ麺を食べているのに出くわすと、

「お、よしも食うか？」と嬉しそうに分けてくれるものの、勧められるままに勢いよく麺をすすると、

「お、おい、俺の分も残しておいてくれよ」と言われ、面白い人だなぁと思ったものだ。

小中高と私がテレビゲームに熱中していたことは嫌がっていた父だったが、唯一麻雀のゲームだけは好んでおり、私の部屋に来ては「よし、麻雀やる」と、一人用のスーパーファミコンのゲーム、「スーパー麻雀」を黙々とやっていたのを私は横で見るだけだった。

また、お酒を飲むと私のベッドで横になりたくなるようで、私がJリーグ中継で浦和の試合を見ていると「ちょっと寝かせて」とやってきては、横になりながら「こんな酷い試合、よく見てられるな」と、辛辣に浦和のプレーを評してはすぐ眠りにつくので、「まともに見てないくせに、何を！」と私はイライラしたものである。

お酒を飲むとすぐにどこでも寝てしまうエピソードはたくさんあるが、ドイツの私の友達の家で食事中に父が「ちょっといい？」とソファーに横になってグーグー寝だしたときは、当時二十歳だった友達の彼女（父とはその場が初対面）が「Geil!!（いかしてる!!）」と興奮したのはとても印象的だった。個人主義で好き勝手に自分のやりたいことをやるドイツの若者ですら想像を超えた父の自由な行動に驚いたのだ。

父は日本でもドイツでも近所付き合いがとても好きで、父が亡くなってからお隣の年配のご婦人から「あなたのお父さん、いつも私に『挨拶だけではだめですよ』と言ってたのよ。天気の話だけでは本当の会話にならない、と。だからいつも長い時間私とも話してくださって。」という父の話を聞くと、信念を持って周りの人々と真っ直ぐ向き合っていた人だったんだなと思った。

父が亡くなってから、私が父の従兄弟に会う度に、その従兄弟は「こーちゃん、本当に優しかった」と言った。また、父の親友の画家のチェコ人も「弘一はいつも僕に『Du.

プラハで親友と 1996年

Affe!（この猿！）Du Idiot!（このバーカ！）』といって笑顔で罵っては、誰もやってくれない画家としての厳しい意見を言ってくれたんだ。（ちなみにこのことを彼はドイツ語で「僕のケツにいつもケリを入れてくれた〈Er hat mir immer ins Arsch getreten.〉」と表現していた。）「今では自分で自分のケツにケリを入れなくてはならなくなってしまった…」と言っては涙ぐんでいた。

　これだけ愛情深く、積極的に人と関わり、面白い習性がたくさんある人間もなかなかいないだろう。当然、父の友人たちも一癖も二癖もある変人ながら人間的に魅力がある人がたくさんいた。私は彼らと彼らの子供たちなどと今も友好関係があり、父の築き上げた人脈と、友人を大事にしなさいという教えのおかげで豊かな人間関係を構築できている。

おわりに

銀鈴叢書　ライフデザインシリーズに、私の『異文化への旅路』が登場してから十一年が経ちました。この間、二〜三巻を加えていただきましたが、一番書きたかったのは、亡き夫・那須弘一の評伝でした。

　那須弘一は、ユニークな画家として、現代美術愛好者を惹きつけていましたが、一人の男性・友人・夫・父としても魅力的な存在でした。そんな彼を長年支え、今も支え続けている私ですが、客観的な評伝は書けませんでした。きちんとした評伝は、また別な機会に、美術評論家の協力を得てまとめたいと思います。

　彼が渡独した頃の日記や手紙を織り交ぜてみたのは、本人の感動や息吹が伝わってくるからです。全編に大勢の人々が現れ、大部分の方々にはお名前を出す了解を得ました。アルファベット頭文字の名前の方々には、連絡がとれませんでした。きちんとお名前が書け

フランクフルトのアトリエ　1998年

なかったのが、心残りです。

　第四作出版を励ましてくださった阿見みどりさんを始めとした銀の鈴社の皆様、長男夫妻に心から感謝いたします。吉正が最後に父親について書いてくれたのも、うれしいことでした。

　また、ウナックトウキョウの伊藤夫妻には、故海上雅臣氏が那須弘一作品集に寄せてくださった文章と、ウナックサロンの『六月の風』（隔月刊紙）に掲載された弘一の文章を転載するご許可を頂きました。深く御礼申し上げます。

　コロナ旋風の吹き荒れる日々を、弘一との楽しい思い出を綴ることで乗り越えることができました。


（二〇二〇年九月　東金にて）

那須妙子（なす　たえこ）
1946年　佐賀県に生まれる。獨協大学外国語学部卒業、東京外国語大学修士課程修了。
1973－75年　ドイツ学術交流団体奨学生として、ボン大学・シュトゥットガルト大学へ留学。
1976－78年　ドイツ語非常勤講師（東京医科歯科大学、慶應義塾大学、東京理科大学）
1979－84年　フランクフルト・ゲーテ大学日本語講師
1985－92年　ハーナウ市SP Reifenwerke社（住友ゴム）勤務（翻訳・通訳）
1992年　城西国際大学助教授（2008年からは語学教育センター所属准教授）
2018－2020年　城西国際大学客員教授

表紙画・那須弘一（なす　こういち）
1947年　埼玉県与野市に生まれる。浦和西高校卒業。
1973年　シュトゥットガルト国立大学美術アカデミー入学、ドライヤー教授のもとで６年間制作・発表後、卒業。
1979－81年　バーデン・ビュルテンベルク州芸術財団よりアトリエを２年間提供される。
1985年－2003年　ドイツ芸術家協会会員
1987年　ドイツ永住権取得。ボン芸術財団より制作奨励金（１年間）を得る。
2003年　東金市にて没。享年55歳。

NDC914
神奈川　銀の鈴社　2020
198頁　18.6cm（異文化への旅路Ⅳ――ドイツ画壇で活躍した那須弘一の思い出――）

銀鈴叢書 ライフデザイン・シリーズ　2020（令和２）年11月12日初版発行
本体1,000円＋税

異文化への旅路Ⅳ

――ドイツ画壇で活躍した那須弘一の思い出――

著　　者　那須妙子©　　表紙画・那須弘一©
発 行 者　柴崎聡・西野真由美
編集発行　㈱銀の鈴社 TEL 0467-61-1930　FAX 0467-61-1931
〒248-0017　神奈川県鎌倉市佐助1-10-22 佐助庵
https://www.ginsuzu.com
E-mail info@ginsuzu.com

ISBN978-4-86618-100-4 C0095
落丁・乱丁本はお取り替え致します

印　刷　電算印刷
製　本　渋谷文泉閣

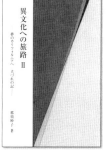

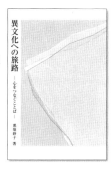

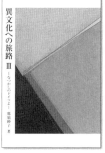